Das Rasiermesser und der *wilde Lotus*

Ein Roman über Liebe und Sehnsucht

Translated to German from the English version of
The Razor and the Wild Lotus

Biren Sasmal

Ukiyoto Publishing

Alle globalen Veröffentlichungsrechte liegen bei

Ukiyoto Publishing

Veröffentlicht im Jahr 2024

Inhalt Copyright © Biren Sasmal

ISBN 9789364948586

Alle Rechte vorbehalten.

Kein Teil dieser Veröffentlichung darf ohne vorherige Genehmigung des Herausgebers in irgendeiner Form auf elektronischem, mechanischem, Fotokopier-, Aufnahme- oder anderem Wege reproduziert, übertragen oder in einem Abrufsystem gespeichert werden.

Die Urheberpersönlichkeitsrechte des Urhebers wurden geltend gemacht.

Dies ist ein Werk der Fiktion. Namen, Charaktere, Unternehmen, Orte, Ereignisse, Schauplätze und Vorfälle sind entweder das Produkt der Phantasie des Autors oder werden auf fiktive Weise verwendet. Jede Ähnlichkeit mit tatsächlichen Personen, lebenden oder toten, oder tatsächlichen Ereignissen ist rein zufällig.

Dieses Buch wird unter der Bedingung verkauft, dass es ohne vorherige Zustimmung des Verlegers in keiner anderen Form als der, in der es veröffentlicht wird, verliehen, weiterverkauft, vermietet oder anderweitig in Umlauf gebracht wird.

www.ukiyoto.com

Dem Andenken des Mädchens gewidmet, das ich persönlich kennengelernt habe.

Inhalt

Das erste Treffen	4
Das zweite Treffen	7
Chitrangada / Das dritte Treffen	10
Die nächste	11
Das vierte Treffen	25
Der Mitternachtsaufenthalt	30

Es war ein Schatten im Schatten
der Stein einer Mango, reif
worte in Worten, der Auftragskiller
versteckte die Krume in der Krux, live
Ihre Verwandten waren in einem Land, weit
die Plünderer waren versteckt, in der Nähe
sah das Mädchen ihre Scheiden unter den Hemden
Sie beeilte sich, sich in ihrer Taille zu verstecken und still zu sein!

An dieser Stelle ist der Amlaki-Baum (myrobalan) zu sehen
sie schüttelte vor Angst den Kopf.
Dass sie ein Rasiermesser gesehen hat, hing in der Luft.
Dass sie ein krankes Mädchen festnimmt.

Es ist nicht Winter.
Doch die Bäume sind so schockiert, dass sie Blätter abwerfen.
Die Philosophin Eule sticht in die Nase und sagt: „Vielleicht weinen sie heute."
Die Bäume fangen plötzlich an zu weinen.
Die Eule fragt sie,
"Um wen weinst du?"
"Wir weinen um ein sanftes Mädchen. Unser Lieblingsvogelling."
Der Dichter Koel greift ein.
"Sie ist ein achtzehnjähriges Mädchen. Sie ist Draupadi, ein Mädchen, so süß wie die Melodie der *Mantras, die Hymnen* - süßer als die reifen Mangos, der Vanilleapfel, die Palme und der Kern der reifen Jackfrüchte.
Flüstern liegt in der Luft.

Der Rasierer und der wilde Lotus

Draupadi, seit Tagen vermisst, wurde aufgespürt. Der Rand ihres Sarees (der Indian Draper) zerzaust, der Zopf ihres Haares geöffnet, der fließende Sarg ihres Haares aufgelegt, ihr Kragenknochen verwüstet, das Armband mit Steinen geschlagen, die Brüste nackt und brutal zerkratzt - ihre Augen schwollen wie die Mondsichel am zweiten Tag des Mondmonats an.

Einige sagen: „Es ist nicht Draupadi. Ihr entstelltes Gesicht ähnelt dem von Draupadi, aber sie ist sich nicht - unwiderlegbar sicher."

Vielleicht ist sie ein "anderes" Mädchen, das von "anderen" mitgebracht wurde.

Der Wasservogel zerreißt jedoch die Luft mit einer traurigen Symphonie.

„Ke galo go?", fragt die Krähe.

(Wer war so begierig darauf, der Welt zu entsagen?)

Die Erde antwortet:

"Liebes, sie hat nicht aufgegeben. Sie lebt immer noch hier.

Sie atmet in der Luft. Sie zwitschert im Gesang der Vögel.

Der Dichter ist damit beschäftigt, ein Lied zu komponieren -

"Das Mondmädchen, das du bist

Du bist der Mond

Warum versteckst du dich unter dem Schleier?

Warum versteckst du dich vor

das vorzeitige Schreien der Erde?

der Morgen singt des Abends

Die Fährmänner, so laut, jammern.

Du bist das Mondmädchen

Warum hagelt ihr einen Tod?"

Hier lebte Draupadi.

Im Schatten.

In den dichten Sträuchern und der Menge riesiger Bäume.

Sie lebte in einem Strohdach, überdacht von Mango-, Arjun- und Neem-Bäumen

Es ist hier, Nirban, der Galante, traf Draupadi.

Nirban, ein Management-Student, der in der Hauptstadt Kolkata studierte, war bei all seinen Landsleuten beliebt. Nicht stolz, aber liebenswürdig, würde er mit seinen dörflichen Parallelen vermischt veröffentlicht werden, aber eine andere von ihnen. Zurück in den Ferien wanderte er hier und da, genoss wild die landschaftliche Schönheit des Dorfes, lächelte, kicherte und lachte wie ein brüllender Löwe. Groß, wohlproportioniert, muskulös, mit einer bräunlichen Haut, seine Augen und Ohren waren so wachsam wie die eines Kaninchens. Seine Augen verrieten einen Blick des Francolin-Rebhuhns. Seine Freunde beschrieben ihn als so schnell wie der Strauß und so wendig wie ein Kampfhahn.

Eines Nachmittags, unter einer purpurroten Sonne, traf Nirban zufällig Draupadi und wurde sofort von Amor gejagt.

Er erinnerte sich an ein Lied - *dil hum hum kare* (Oh mein Herz brennt vor Verlangen). Seine Aufmerksamkeit wurde auf die Vogelpaare auf den Bäumen gelenkt, die mit Schnabel voller Küsse herumtollen. Plötzlich sah er die Liebesgeschwüre der Hummel auf den Lippen der Blumen fummelnd an. Der Bulbul umwirbt unaufhörlich seinen Kumpel. Der Frühling kam mit seinem Luxus an Farben. Es war ein anderer Frühling als in Nirban. Der Wind trug ein Flüstern mit sich. Trugen Lasten von Wünschen. Nirban, nur ein 22-jähriger Junge, wurde verrückt, als er den süßen Duft eines Mädchens namens Draupadi einatmete. Der Schrei der liebeskranken Koels schlich sich in sein Herz.

Das erste Treffen

Der "Kirtaniya" (Chanter) im "*Harinaamsankirtan*" (musikalische Darbietung in Lob und Anbetung von Lord Krishna, Liebesgott und akzeptierter Herr des Universums in der hinduistischen Vaishnavite-Philosophie) sang sein herzliches Lied. Seine Liebe zu Radhika oder Radha, der tantrischen Göttin der Liebe, wird gesungen und heißt "Sankirtan". 'Harinaam' war in vollem Gange. "Hari" ist Krishnas anderer Name (Zeremonie mit Liedern, die die Schönheit von Radha und ihre Hingabe an Lord Krishna, den Inbegriff der Liebe, beschreiben), während Nirban zufällig ein Zuschauer war. Aus reiner Neugier gesellte er sich zu den bhakti-begeisterten Zuhörern. Der Sänger zitierte jubelnd "Shlokas" (poetische Zeilen) von Jayadeva, dem berühmten Dichter von "Geetgobindam" (Lieder zum Lob von Lord Gobinda oder Krishna), und er war damit beschäftigt, seine Zuschauer und Zuhörer zu begeistern.

„*bhabatikamalanetra nasika kshudrarandhra*

Abiral kuchayugma charukeshi krishangi

Mridubachan sushila gitabadyanurakta

Safaltanu subesha padmini padmagandha… "

„Sie hat Seerosenaugen, eine dünne Nase

ein Paar Brüste, eng und straff

helles Haar, flexible Gliedmaßen

honigstimme, fügsame Natur

von Gesang und Musik liebt sie leidenschaftlich.

Hier ist die Lotus-Frau

ihr Körper ist Harmonie

sie gießt den Lotusduft ein..."

Jetzt zeugt das Spektakel Nirban. Die Intoxikation ist eingeschaltet.

Die Melodie- und Tanzangebote ziehen sofort die Aufmerksamkeit von Nirban auf sich. Er sitzt ruhig bei seinen Freunden, während die begeisterten Zuhörer musikalisch ruhig sitzen. Der Sänger fährt nun fort, Radhas ekstatischen Gaben an Lord Krishna Worte zu geben. Sie webt in verzückter Aufmerksamkeit eine Girlande für Ihn. Der Chorleiter erklärt den Zuhörern, wie Radha diese Girlande für ihre Geliebte webt.

„Meine Mütter und Schwestern, wie trägt Radha die Girlande? Der Dichter beschreibt-

„Bhubane bhuban diya bane Chandra mishayia

Ritu tate karilo kshepan"

Radhas Verstand fügt vierzehn Welten zu vierzehn hinzu, dann fügt sie fünf "Banas" mit dem Mond hinzu und fügt dann insgesamt die sechs Jahreszeiten hinzu.

"Mütter und Schwestern, wer kann das Rätsel lösen, das der Dichter vor euch geworfen hat...?"

„Seht, ihr, die 'bhakts' (Gottgeweihten) von Lord Krishna, was für ein Nektar der Lyrik der Komponist für uns übrig gelassen hat! Es ist eine großartige Kunst der Worte. Wer von euch ist in der Lage, das Geheimnis der Worte zu enträtseln--?

Der Hinweis :

„Wie viele Welten gibt es laut unseren heiligen Schriften?"

Ein Mädchen antwortete: "Vierzehn".

"Gut. Also, zweimal vierzehn bedeutet achtundzwanzig - nicht wahr?"

"Ja."

"Wie viele 'Banas' erkennen wir?"

"Fünf 'Banas' oder Pfeile in unserem yudh (Krieg) Shastra'.

"Ausgezeichnet!"

"Wenn du fünf 'Banas' hinzufügst, wie viel kommt dann?"

"Insgesamt dreiunddreißig."

"Gut. Wenn wir den Mond hinzufügen - den einen und den liebsten?"

"Vierunddreißig."

"Fügen Sie sechs" Ritus "oder Jahreszeiten hinzu."

"Es wird vierzig."

"Was ist das Rätsel mit Radhas Verstand? Was beschreibt, dass sie vertieft ist?"

Stille.

Das Gesicht des Mädchens wird durch Spekulationen dunkel. Dann flackert sie auf -'vierzig Seher'- vielleicht, vielleicht - vierzig Seher stehen für einen Hügel, das war's??

Ja, das habe ich.

"Was hast du?"

"Radha webt die Girlande in" einem Geist "- mit ungeteilter Aufmerksamkeit. Habe ich recht?"

„Natürlich hast du recht! Maa Janani, (Respekt vor der Mutter) du bist ein gesegnetes Mädchen. Du selbst bist 'Radha', die ewige Liebesgöttin.

Ein lautes Klatschen für sie?"

Das Publikum brummt jetzt vor Aufregung und an diesem Punkt spürt Nirban auch eine Welle der Aufregung, als das Mädchen erfolgreich die Ziellinie erreicht.

Nirban ist jetzt in einer Benommenheit. Er klatscht weiter, auch wenn alle aufgehört haben.

Die Sängerin fährt fort: „Maa, du hast den Höchsten Gott Srikrishna gesehen. Hey Radha, du bist der Glücklichere als der Glücklichere."

Nirban murmelt innerlich: "Wer sonst ist der glücklichste Seher als ich?"

Das zweite Treffen

Nirban, ein brillanter Schüler der Jungenschule und ein beliebter Name in der nahe gelegenen Mädchenschule, ist anlässlich der 125. Geburtstagsfeier von Tagore, dem ^(Philosophen-Nobelpreisträger) und Dichter, herzlich in beide Schulen eingeladen.

Heute ist er auf dem Weg zur Mädchenschule, um ein berühmtes Tanzdrama CHITRANGADA von Tagore auf der Bühne zu sehen. Es ist ein toller Nachmittag. Der Himmel ist mit unvorsichtig bewegten Wolkenflocken strukturiert. Wird es regnen?

„Gott, es darf heute nicht regnen, damit die Begeisterung junger Darsteller weggespült wird!"

Nirban, allein auf einer schmachtenden Straße zur Schule. Eine sanfte Brise beruhigt ihn. Spielt mit seinen Haaren. Für einige Tage ist seine Aufregung ohne Reim oder Grund oder einen geheimen Grund, den er nicht erkennen kann, im Hype. Während dieser Urlaubstage war er manchmal von einer unerklärlichen Traurigkeit ausgehöhlt worden. Man spürte einen Schmerz, der gegen sein Herz drückte.

Zu seiner völligen Überraschung hört er hinter einer Schar von Mädchen lächeln, kichern und herumtollen. Und da sieht er seine Radha!

Er murmelt innerlich: „Hey, alle drei Welten - der Himmel, die Erde und die Unterwelt, ich sehe das gesamte Grün der Natur von einem göttlichen Licht erleuchtet! Und ich habe die 'Radhika' getroffen, die gefeierte Radha--!

Im Frühling werde ich sie sicherlich sehen, im Winter werde ich sie sicherlich als warme Hülle gegen eine beißende Erkältung haben, im Sommer werde ich sie als willkommenen Regen besitzen, mit dem ich beschmiert werden kann!

In einem wunderschönen cremefarbenen Punjabi gekleidet, mit goldenen Stickereien, ausgestattet mit einem milchweißen Seiden-Payjama, sieht Nirban aus wie der *Kartikeya* (der Amor/Gott der Liebe) und wird sofort von der twitternden Mädchenbande, die an Nirban vorbeigeht, zum Gegenstand der Diskussion gemacht.

"Hey, wer ist dieser Typ - klug, gutaussehend und...?"

"Ist er Kartikeya, ohne seinen Pfau?"

Die andere schloss sich der Diskussion an, während sie in ihren Ärmeln lachte.

"Weißt du nicht, er ist der Sohn der Chakravartys, ein brillanter Student, der seinen Managementkurs in IIM Kolkata absolviert."

Draupadi blickte erstaunt zurück.

(„Bist du süchtig, mein lieber Draupadi? Siehst du ihn als deinen Traumjungen, 'Arjuna', den dritten 'Pandava'?")

Nirbans Augen fragen sich, was für eine Schönheit sie ist! Wie hätte sie aussehen können, in einer Nahaufnahmekamera! exquisit, verlockend? Er ist betäubt.

Aber sie ist weg. Dort verschmilzt sie mit der Menge ihrer Schulkameraden.

"Mit welchen Blumen sind ihre Haare geschmückt?

Ist es Champak, die Nachtkönigin oder der arabische Jasmin?

Oho! Der Wind ist geizig. Es hat den Duft gestohlen und mich zu einem mittellosen Bettler gemacht." Sein Herz zerreißt.

Aber der Wind hört auf sein Leid. Es kommt mit einem stärkeren Zauber, bläst den Rand von Draupadis Saree weg und sie wird von einem Wirbelwind auf einen dornigen Busch gestoßen, der auf die Straße eindringt.

"Äh! Mein Saree! - Hey, ihr Mädels im Voraus, wie kann ich auf der Bühne auftreten?" Die Mädchen kamen zu spät. Sie rannten. Man sieht sie verzweifelt versuchen, sie aus den Dornenhaken zu befreien, aber vergeblich.

"Ist es eine Vorsehung?" Nirban eilte auf das Mädchen zu und half ihr ohne zu zögern, den Endpunkt ihres Sarees von den Dornen zu lösen. Er streckte seine Hände aus, sich selbst, verzehrt von einer mächtigen Limerenz, aber es gelang ihm, Draupadi hochzuheben.

Und Draupadi? Das duftende Mädchen?

Ihr Gesicht wurde von einer Angst beruhigt, obwohl sie sich nicht von einer momentanen Verzückung erholen konnte.

Ihr Herz schlug wie ein Stachelhammer.

Sie sammelte sich aus dem Delirium und eilte zur Schule und warf Nirban einen euphorischen "Dank" aus.

Chitrangada / Das dritte Treffen

Chitrangada, die mythologische Prinzessin des Königreichs Manipur, soll eine der Frauen von Arujuna sein, dem dritten Pandava des Mahabharata, der mit allen Lichtern auf ihr steht. Die mit Rauch gefüllte Bühne, die einen atemberaubenden Effekt erzeugt, wird zu einer Fantasiewelt.

Chitrangada, in Tanzangeboten an Lord Manmatha, Chitrangada in königlichen Kleidern - bunt, exotisch, elegant - hat eine hypnotische Präsenz - mit einem Teil der Bühne beleuchtet, halb rauchig dunkel, halb mystisch - Chitrangadas architektonisches Gesicht, ihre choreografierten Bewegungen in einer illusorischen Welt von Bergen und Flüssen - Vögel singen auf den Zweigen der Bäume im geheimnisvollen Wald... Chitrangada, mit Surupa (gut definiertes schönes Gesicht) und Kurupa (das hässliche) kontrastieren Schönheit und Hässlichkeit... Kommt Madana (Gott der Liebe und Fortpflanzung) und Basantha (der immergrüne Frühling...)

Nirban, in einer mondhellen Nacht.

Er hat keinen Schlaf.

In seiner frischen Erinnerung wirft er einen klebrigen Blick auf den Saree von Draupadi.

Die nächste

Der Ärger hat gerade im Büro des Panchayat Pradhan begonnen. Es ist 11 Uhr morgens. Tausende Menschen strömen ins Büro. Die Menge verdickt sich alle fünf Minuten. Heute ist die Zahl der jüngeren Menschen bemerkenswert stark. Es gibt einen Protestschrei gegen die allgegenwärtige Korruption im Panchayat-Büro.

Bezeichnenderweise ist die Menge für heute zweigeteilt. Ein Segment schreit nach dem Pradhan. Der andere, beträchtlich ein Mammut, brüllt gegen Pradhans "tana shahi" (Missherrschaft). Der Streitpunkt ist das "Abas Yojana" (Wohnprojekt, das von der indischen Regierung gesponsert wird). Die Demonstranten oder Agitatoren sind entschlossen, das Ende des Tunnels zu sehen. Sie verpflichten sich, den Pradhan zu verdrängen, da er dafür verantwortlich ist, dass die Gelder veruntreut werden und nicht berechtigte Antragsteller für die Auszahlung von Regierungsgeldern aufgenommen werden. Die Menschen sind jetzt gewalttätig geworden, da sie denken, dass die Posthalter der Panchayat "Schnittgeld" (der Begriff, der von politischen Kreisen verwendet wird) anstelle der Auszahlung genommen haben.

Beide streitenden Gruppen haben sich gerade vor dem Blockentwicklungsbeauftragten vorgestellt, der zum Panchayat-Büro geeilt ist. Mit gefalteten Händen bittet der Offizier den wütenden Mob, Geduld zu haben, damit eine ordnungsgemäße Prüfung beeinträchtigt und jeder nicht berechtigte Kandidat entdeckt werden kann. Aber die wachsende Menge ist entschlossen, auf solche Trostcliquen nicht zu hören.

Die Situation geht doppelt gewalttätig mit lange unterdrückten Ausbrüchen der sozial Unterdrückten, für die das Schema initiiert wurde.

Es folgen Argumente, Gegenargumente und dann ein heftiger Streit, der sich sofort auf Schulen, Colleges, das Büro für Immobilienregistrierung und das nahe gelegene Krankenhaus ausbreitet und alle dazu zwingt, ihre Rollläden herunterzufahren. Die Panik herrscht.

Plötzlich, von wo der Mob es nicht weiß, verursacht das unaufhörliche Platzen von Crackern mit Ziegeln, die blind aus allen Richtungen geworfen werden, ein Chaos: Die Leute fangen an, sich gegenseitig zu drängen und an sicherere Orte zu rennen. Das in und um das Panchayat-Büro ist mit Rauch bedeckt. Rauch winkte auf die nahegelegene Straße. Aus Panik werden die Türen der Jungen- und Mädchenschule verschlossen.

In diesem kritischen Moment greift die Polizei ein. Aber ihre Anwesenheit schafft ein weiteres Problem. Die Vorgesetzten ordnen ein Platzen von Tränengasgranaten an, um die Öffentlichkeit zu zerstreuen, und innerhalb von Augenblicken kommt der gesamte Bereich unter einen schwarzen rußartigen rauchigen Baldachin, der es niemandem erlaubt, sich zu bewegen oder zu rennen.

Draupadi, die aus der Schule eilte, versuchte verzweifelt, einen sichereren Schuppen zu finden, um Unterschlupf zu finden, aber sobald sie draußen ist, macht die Rauchwolke sie blind.

Sie steht da, wie ein ohnmächtiges Kaninchen, vor einem Adler, der schnell nach unten rast.

Eine Minute später verschlechtert sich die Situation weiter.

Ein Molotove-Cocktail aus unbekannter Richtung erreicht die Erde vor dem Schuppen und platzt mit einem ohrenbetäubenden Geräusch.

Draupadi wird ohnmächtig. Sie weiß nicht, was danach passiert ist.

Als sie die Augen öffnet, entdeckt sie, dass sie im Bett des nahegelegenen primären Gesundheitszentrums liegt. Mit ihren geschwollenen, bleichen Augen entdeckt sie das andere ängstliche Gesicht – das von Nirban. Sie versucht aufzustehen, ihre Augen verdunkeln sich jetzt vor Sorge.

Nirbans Augen sind so weich wie Butter. "Geht es dir gut?"

Draupadi versucht, den Kopf zu heben.

"Nein, nein. Du musst nicht aufstehen. Ruhen Sie sich aus."

"Ja, Sir, mir geht es jetzt gut."

"Fühlst du dich besser?"

"Ja." Ihr Gesicht ist offen und freundlich. Die Wärme von Nirbans Blick scheint ihr Herz zu durchdringen.

Nirbans Augen funkeln vor Zufriedenheit.

"Kannst du auf deinen Beinen gehen? Kein Bruch?"

"Nur ein blauer Fleck hier und da. Ich werde in der Lage sein, nach Hause zu gehen."

"Das könnte ein verrücktes Unterfangen sein. Komm, ich bin bei dir."

"Nein, nein. Ich selbst kann nach Hause gehen. Du brauchst dir keine Sorgen zu machen."

„Frühreif! Komm mit mir. Ich begleite dich nach Hause."

Mit Erlaubnis der betreuenden Schwester, einem Rezept und Medikamenten geht Draupadi hinkend. Es entgeht Nirbans Aufmerksamkeit nicht. Er kommt ihr zu Hilfe, aber Draupadi schrumpft mit einer scheuen Geste zurück. Eine eisige Strömung zieht an ihrem Rücken auf und ab. Ihre Beine werden schwach.

(Nirbans Lächeln).

"Mama, es hat keinen Sinn, schüchtern zu sein, wenn du krank bist."

Draupadi fühlt sich immer noch misstrauisch.

"Kommschon, halte einfach meine Hände. Werde nicht ehrfürchtig. Ich bin kein Oger oder Dämon."

Stille.

Stille.

Dann findet die Stille einen lauteren Ausdruck.

"Bist du der jüngste Sohn der Chakrabortys?"

"Ja. Irgendwelche Zweifel?"

"Nein. Eigentlich war ich mir nicht sicher, wer du bist."

"Jetzt kannst du sicher sein. Bist du nicht das gleiche Mädchen, das die Rolle des Chitrangada in Rabindranath Tagores Tanzdrama gespielt hat?"

Draupadis Gesicht rötete sich. Sie sollte eine Katze sein, die sich unter dem Bett versteckte.

"Sei nicht so schwach wie ein Kätzchen. Sie haben sehr gut abgeschnitten. Ich dachte, du würdest jeden professionellen Künstler übertreffen. Bist du eine Schülerin bei den Girls?"

"Ja, bei der elften Norm."

"Kein Ehrgeiz, eine Figur im Leben zu machen?"

"Natürlich habe ich das. Aber ich gehöre zu einer sehr armen Familie. Es ist eine Herkulesaufgabe, die sich über die Trümmer der Armut erhebt."

„Du sprichst klug und attraktiv. Bleiben Sie in Kontakt. Wenn ich Ihnen bei Ihrem zukünftigen Studium behilflich sein kann."

"Ich bin so dankbar."

"Nichts dergleichen. Es entzündet nur das Feuer mit meinem Atem. Oh! Du bist schwer verletzt. Immer noch hinkend. Bitte zögere nicht, deine Hände auf meine Schultern zu legen. Gentleman, kein Arschloch!

"Sir, wenn mich jemand mit Ihnen in dieser Position sieht, werden Gerüchte in Umlauf sein."

"Versuche, über all diese schmutzigen Streiche hinwegzukommen. Schau geradeaus, handle geradeaus, sprich die Wahrheit und halte den Kopf hoch."

Draupadi lächelte ein zustimmendes Lächeln. Aber sie kam mit einer prompten Erwiderung.

"Sir, das gilt für einen Mann, aber es könnte eine jahrhundertelange Zurechtweisung für ein Mädchen oder eine Frau sein. Wir, die Weibchen, leben in Löchern, unsere Lippen sind verschlossen, unser Herz ist verletzt und unsere Gefühle sind begraben."

"Aha! Du bist wirklich ein Juwel. Du faszinierst immer mit deiner goldenen Sprache und blendest mit deiner Schönheit."

"Ich bin dankbar, Sir, für Ihr freundliches Kompliment. OI Sir, hier, auf der linken Seite, ist meine kleine Hütte. Ich werde dich eines Tages einladen - bitte besuche mich." Draupadi strahlte mit einem göttlichen Lächeln.

Nirban konnte nicht anders, als ein Zitat eines Autors anzubieten:

„Dein Lächeln ist der Sonnenschein und das Vogelgezwitscher. Es ist die Geräuschdämpfung der Hähne, es ist sowohl der Käfig als auch die immer offene Tür." (Angela Abraham)

Draupadis Augen funkelten vor Glück und guter Laune.

Nirban hinterließ ein ansteckendes Lächeln für sie.

Draupadi stand da, keusch wie Minerva.

Aber.

Ein "aber" schlich sich in ihre Seele.

Kaum war Nirban in die Ferne geschmolzen, als sein Schatten bei ihr blieb, ließ sie sich vom klugen und attraktiven Auftreten Nirbans geradezu verführen. Zu Hause eilte ihre Mutter hinaus und weinte laut. Sie versuchte, sie zu streicheln, als wäre sie gerettet, weil sie vom Strom gewalttätiger Vorfälle hinausgeworfen wurde.

"Geht es dir gut, meine Tochter?" Sie zitterte vor Angst.

„Ja, Mama, ich bin durch die Gnade Gottes sicher zurück. Aber diesmal ein menschlicher Gott. Er kam auf mich zu, ließ mich ins Krankenhaus einweisen, begleitete mich nach Hause und verschwand im Handumdrehen."

"Wer ist er, mein Mädchen?"

"Er ist Nirban, der jüngste Sohn der Chakrabortys, klug, jung und hochgebildet."

"Hihoh! Er ist der begehrteste Junge des Dorfes, sanftmütig, liberal gesinnt – genau gegenüber seinem Vater, dem Hardcore-Brahmanen. Wie und wann hat er dich um Hilfe gebeten?"

"Das ist eine Unfallmutter." Sie erzählte die Details.

Auf dem Heimweg wurde Nirban von einer Reihe seiner Gratulanten und Freunde angesprochen. Er traf auch Verwandte und rannte alarmiert zu seiner Sicherheit. "Die Situation ist immer noch angespannt, wenn auch äußerlich unter Kontrolle. Gott sei Dank, du bist nicht verletzt ", riefen sie aus. Nirban antwortete nicht. Er war zutiefst schockiert über die Salven von Anschuldigungen gegen seinen eigenen Vater. Sein Vater sollte misshandelt werden, obwohl ein Polizeikreis ihn gerade rechtzeitig gerettet hatte. Es war in der Tat eine haarsträubende Flucht. Aber das war ein schrecklicher Schlag für die Ehre und soziale Position der Chakraborty-Familie.

"Warum so ein Fusillade der Anklage gegen meinen Vater? Ist er in den Akt der Veruntreuung öffentlicher Gelder verwickelt?"

Nachdenklich, aufgeregt und verzweifelt trat Nirban in sein Haus, während seine Mutter mit einer Menge Fragen herauskam. "Woher kommst du? Was ist dort los? Es heißt, ein gewalttätiger Mob habe das Büro deines Vaters angegriffen. Ist dein Vater in Sicherheit? Warum warst du dort? Du hättest misshandelt oder sogar angegriffen werden können?"

Sie freute sich darauf, von ihm zu hören.

Nirban war zu geizig oder unglücklich, um viel zu reden. Er sagte nur, sein Vater sei in Sicherheit und ging direkt in sein Schlafzimmer. Die Tür war geschlossen. Das Klopfen seiner Mutter blieb unbeachtet.

Erschöpft brauchte er einen Schlaf und bald ließ er sich tief in eine Nachmittags-Siesta versenken.

In seinem Nickerchen ist er jetzt beeindruckt, einen Schatten einer hellhäutigen, ausgewachsenen Fee zu sehen, die ihn zu einem El do Rado verführt. Dies, denkt er, ist ein unnatürlicher Traum, der ihn von der Vernunft abbringt, zu einer Abstraktion. Er träumt davon, in eine Welt voller Blumen versetzt worden zu sein. Es gibt einen Garten mit schattigen Bowers, die mit dem Lied der Nachtigallen überfüllt sind. Er fühlt sich im Garten des Spaniard's Inn, Hampstead, London ... und...so hört er zu, wie sein Lehrer rezitiert." Mein Herz schmerzt, und eine schläfrige Taubheit schmerzt meinen Sinn, als hätte ich vor einer Minute einen Schierling getrunken oder etwas langweiliges Opiat in die Abflüsse geleert..." Und der Schierling, persönlich, ... wer ist der Schatten? ... ein milchig-weißes Mädchen, mit einem geröteten Gesicht, idyllischen Blicken … in einen unberührten Strand spazieren... ihr architektonischer Körper, opulente Brüste … Er ruft – DRAUPADiiii!

Dass Draupadi zu einer Sensation geworden ist, hat die Ohren von Tribhuban erreicht, der im Volksmund oder sarkastisch "der Mann der Dame" genannt wird.

Tribhuban gibt sich als Schwanz des Spaziergangs aus. Der Vagabund (die Leute sagen "Bastard"), Sohn eines großen Vaters, mit einer Reismühle und zwei Ziegelöfen. Er verließ sein Studium (sein Vater sagte: „Welchen Gewinn kann Ihr Studium ernten? Komm, setz dich hier in die Mühle als Manager, nimm das Geschäft auf. Wie lange soll ich leben? Wenn du aufs College gehst, verschwendest du einfach mein hart verdientes Geld. Sie werden einfach verrückt nach "Chheuris" (heranwachsende Mädchen, an der Schwelle zur Jugend) sein. Und er gibt wirklich Tausende aus. Tribhuban, der reiche Sohn eines reichen Vaters, sah Draupadi und war sofort "fida" (verrückt nach jemandem).

Er stellt eine achtzigjährige arme Oma, Hiramoni, ein, zahlt ihr eine fette Summe und schickt sie als Bote nach Draupadi. Draupadi ist auf dem Weg zur Schule. Hiramoni greift sie aus dem Nichts an.

Hiramoni und Schmuck	:	Hey, das goldene Mädchen, Haufen von Gold
		für Sie!
Draupadi	:	Auf der Straße verstreut liegen? Soll ich welche zählen?
		und Zweien und füllen Sie meine Schultasche?
Hiramoni	:	Freches Mädchen, immer Geplänkel!
Draupdi	:	Gramma, ich sehne mich nicht nach Gold oder Diamanten.
Hiramoni	:	Stolz geht vor einem Sturz.
Draupadi	:	Worauf soll ich stolz sein? Ich bin, ich bin.
		Ein armes Mädchen. Mein Vater lebt von der Hand in den Mund.
		Meine Mutter macht die niedersten Arbeiten. Wie
		kommen?

Hiramoni	:	Das ist der Grund, warum ich hergekommen bin. Er wird schmücke dich und dein Haus mit Gold.
Draupadi	:	Gier führt zur Sünde und Sünde führt zum Tod.
Hiramoni	:	Zwei Reismühlen und ein Ziegelofen. Gutaussehend guthaben bei der Bank? Wirst du nicht deine schöne nase?
Draupadi	:	Wer ist er, lieber Nanni! Yaksha?
Hiramoni	:	Lieber, du kennst ihn gut. Er ist der Große - Er ist Tribhuban, Sohn von Maheswar - der berühmte geschäftsmann.
Draupadi	:	Aha! die berühmte Ausschweifung, die eine große das Leben vieler Mädchen.
Hiramoni	:	Einige Schmutzflecken auf seinem Tuch können seinen Charakter bestimmen. Er gibt Ihnen eine ganze königreich.
Draupadi	:	Meine kleine Hütte ist besser als das.
Hiramoni	:	Wegwerfen der Göttin Lakshmi (Göttin der Reichtum) mit Ihren armen Beinen?
Draupadi	:	Ich biete der Göttin mein Pranam von einem entfernung, ich habe Angst, in ihre Nähe zu gelangen.
Hiramoni	:	Du, die flirtende Kokette, hast Zurückhaltung. Don 't verwenden Sie Ihre unreine Zunge.

Draupadi : Du! Du nennst mich eine Kokette? Gehen Sie und waschen Sie Ihre

mund! Sieh dich selbst im Spiegel, öffne deine

zunge - sieh, wie viel Schmutz du hast

die sich in deiner Zunge angesammelt haben. Wäre mein Vater

hier hätte er deine Zunge in Stücke geschnitten.

Auf geht's! Du die blutsaugende Hexe, ich hasse dich

wie alles!

Hiramoni : Leichtsinniges Mädchen, denk nur daran, eine Schwalbe tut es nicht

einen Sommer machen. Eines Tages wird dein goldener Körper

geschwärzt wie Kohle, deine Wangen werden wie eine gebratene

brinjal... ich verfluche dich...

(Eine Gruppe von Leuten kommt hierher, wird neugierig und bleibt stehen) „Heh! Warum guckst du deine hässliche Nase? Dies ist zwischen der Gramma und ihrer Enkelin. Raus hier!"), rief Hiramoni.

(Die Zuschauer zerstreuen sich)

Hiramoni taumelt davon. Draupadi bricht in eine Flut von Tränen aus. Wut fegt wie ein Lauffeuer durch sie hindurch.

Reine und unverdünnte Wut.

Ihr Gesicht wird vor Empörung rot.

Nirban.

Sich selbst überlassen.

Warum bin ich so beunruhigt?

Am Rande seines Verlangens umherstreifend, sagte er: " Verlangen, soll ich dich Liebe nennen?"

Wurde nervös.

Fühlt sich verstärkt an.

Und im nächsten Moment wird er abgekaut.

Er versucht, sich zu beruhigen, scheitert aber kläglich.

Ein riesiges, grenzenloses Meer strömt auf ihn zu. Das Meer ist einladend, unglaublich charmant, attraktiv wie der Tod...

Und auf der Spitze seiner lockigen bläulichen Wellen beobachtet Nirban mit Staunen und einem nicht zu beschreibenden Staunen - ein Mädchen von architektonischem und hinreißendem Reichtum eines Körpers, so großzügig wie die Natur, so verspielt wie ein Schmetterling, der das Blau der Wellen saugt... ihre prächtig vollen und konischen Brüste...saftig, cremig...

Nirban springt wach auf sein Bett, trägt hastig ein nicht beschreibendes Kleid und stürmt aus seinem Haus. Seine Mutter läuft ihm nach, aber er ist in der Menge der Bäume verloren, die zu einem Wald in der Nähe führen. Nein, er ist nicht ruhig im Wald. Er kehrt zu einer überfüllten Straße zurück

Nacht. Draupadi geht in Schönheit wie die Nacht!

Draupadi blendet den Mond, die Ränder ihres Sarees sind sternglänzend, aber die Glitzer laden Würmer und Insekten ein, um sie herumzuschwärmen und zu sterben.

"Nein! Ich will nicht sterben. Ich möchte mit dem Licht von Draupadis Seele leben. Ich möchte, dass sie bei mir lebt, ich möchte, dass sie Radha ist. Ohne sie werde ich in den Fluss Yamuna springen ", schreit Nirban im Schlaf laut.

Nirban hat sich einige unterbrochene Zeilen eines Dichters geliehen:

I shall be King and/you my queen/shall paste the stars on your hair/Oh my queen, so dear ... Oh my queen...!

Plötzlich wacht Nirban auf. Aber er hinterfragt sich selbst;

"Was macht mich wütend?"

Er vergisst, dass er ein Management-Typ des zweiundzwanzigsten Jahrhunderts ist, ein Computerfreak und eine KI, die modern verzaubert ist. Und zum ersten Mal in seinem Leben wird er ein Viehhüter-Gopi, der Lord Krishna und in tiefer Liebe zu Ihm hingegeben ist. Gopi-Charmer Krishna, die inkarnierte Liebe. Er leitet eine Oma ihres Dorfes und schickt sie mit einem geheimen Brief nach Draupadi.

Ja, die längst vergessenen liebesgetränkten Wörter, die in historischen Schlössern schlafende Jungfrauen jagen! Das ist ein historischer Brief ", lacht er. Die achtzigjährige Matchmakerin kehrt enttäuscht zurück.

Draupadis Gesicht wurde aschfahl. Sie war so verwirrt, dass sie sich weigerte, den Brief anzunehmen.

Nirban wird zum wandernden Vagabunden. Sein Körper ist abgestoßen, der Geist rissig, die Gefühle ausgetrocknet wie ein Pool des Monats Juni. Sein Herz ist so rissig wie der zerfurchte Schlamm eines sumpfigen Landes.

Seine Mutter, die es sieht, reagiert scharf.

"Oh, was ist mit meinem lieben Sohn passiert? Warum ist er so unruhig? Warum ist er grob in seinen Manieren, inkongruent in seiner Rede?

Wer ist die Surpanakha, die nymphetische Tochter einer Hexe, die einen Pfeil auf meinen wohlerzogenen Sohn mit sanftem Auftreten geschossen hat?

Seine Mutter schickt ihre Spione und entdeckt, wer der Suparnakha ist.

Nirbans Vater ist ein wohlhabender Händler. Auch der Pradhan des Panchayat. Wohlhabend mit einer Reihe von kleinen und großen Unternehmen, die mit dem Verkauf und der Beschaffung von Reis und Reis in seinen Godowns und Kühlhäusern für Kartoffeln zu tun haben, kaut er immer Paan-Blätter, die nach dem Essen den Mund frischer machen. Er ist ein ständiger Werfer der Überbleibsel aus seinem Mund auf der Straße. Er ist auch reich an fruchtbarem Land und liefert hohe Erträge. Durch die Kaste, einen Brahmanen, zeigt er immer eine Vorherrschaft über andere in einer Gesellschaft, halb ländlich und halb städtisch.

Nirbans Vater sieht rot.

Er ist skeptisch - ob seine Rivalen in Wirtschaft oder Politik (keine) Verschwörung aushecken? Was ist der Grund dafür, dass Nirban unruhig ist und sich ziemlich unhöflich verhält?

"Mein Sohn ist das Gold der Goldmedaillen!"

Das nächste Mal bat Nirban die Großmutter um einen Gefallen.

"Siehst du, Oma, ich habe keinen Taubenjäger zu schicken, kein Pferd, das auf dem Weg zu ihrem Haus reitet. Bitte sei ein Vermittler, um Himmels willen!

"Sie hat Ihr Angebot abgelehnt - mit der Begründung, dass Sie eine brillante Studentin sind, die eine glänzende Karriere verfolgt. Du solltest nicht sauer auf ein armes Mädchen sein. Ihr Traum war klein. Sie hatte nie den Wunsch, den Mond zu berühren. Sie sagte auch: „Ich habe meine kleine, ereignislose Welt. Ich möchte keinen Sturm einladen, der meinen Herd und mein Zuhause zerstören kann...!"

"Stopp, Oma, ich wurde mit dieser Weigerung belastet. Bitte gehen Sie zum letzten Mal dorthin - mit einem Paan (traditionelle Art, eine Einladung an den gewünschten Empfänger zu senden, in der Erwartung einer günstigen Antwort für eine zukünftige Beziehung. 'Paan' ist 'Paan leaf' mit einer Reihe von würzigen Munderfrischern)

Aber Draupadi blieb standhaft - nicht um zu nicken.

Draupadi gehörte zu einem kleinen Haushalt. Die Karte ihres Lebens war nur ein geschrumpftes Papier. Sie hatte nicht diese mächtigen Flügel, dass sie mit ungebrochenen Beinen den Himmel erreichen und herunterfallen würde. Ihr Himmel war auch begrenzt. Unter diesem Himmel stand ein strohgedecktes Haus ihres Vaters. Der Innenhof war klein, der Eingang zu ihrem Haus niedrig, so dass ein großer Mann nicht frei eintreten konnte.

Mit vier Kühen, Ziegen der gleichen Anzahl, einem bambusbeschatteten kleinen Stück Land neben dem Innenhof, war sie begeistert, ihre Augen auf die Spitze der grünen Bambussprossen zu richten und zu sehen, wie der Eisvogel Fische von einem sicheren Aufenthalt auf die gebeugten Äste eines Arjunabaums jagte. Aber sie schrumpfte vor dem zobeligen, verschmutzten Wasser eines dunklen schmalen Teiches hinter ihrem Haus zurück. Sie hatte Angst vor wilden Schakalen. Dennoch konnte sie ein Leben führen, das von seiner rohen Schönheit und Pracht bezaubert war.

Sie hatte keinen Raum, den sie ihr Eigen nennen konnte. Ein gemütliches kleines Ghetto, das von ihrem Vater und ihrer Mutter geteilt wird. Aufregung kam auf sie zu, aber sie musste ihr pochendes Herz verstecken. Manchmal sah man sie heimlich ihren Körper vermessen und sich wie die jungen Bananenpflanzen entwickeln. Ihre halbmondförmigen Augenbrauen neigten sich zu einem schrecklichen Stolz, als sie in dem Moment, in dem sie ihre schönen runden Brüste völlig kahl und nackt sah, den Rahmen ihres Gesichts auf einem kleinen Spiegel spiegelte. In mondhellen Nächten, als der Mond schüchtern in ihr Ferienhaus eindrang, wurde sie nach nichts als etwas wütend. In letzter Zeit drang das Gesicht eines klugen, aufrechten, schön muskulösen Kerls in den Mond ein. Sie schloss dann das winzige Fenster. Ihr Gesicht schien das eines schüchternen Mädchens zu sein, das ihre Eltern auf den Wiesen zurückgelassen hatten. Plötzlich öffnete sie den Zopf ihres kohlschwarzen Haares und schluckte viel Wasser. Ihr Haar prallte über ihre gesunkenen Schultern.

An der Schwelle von achtzehn Quellen wurde Draupadi zu einer Sensation im Dorf.

Die Veteranen würden mit eifersüchtiger Frustration sagen: „Sieh mal, der Mond überflutet die zehn Richtungen gleichzeitig! Es wird die Jugendlichen wegwaschen, da sind wir uns sicher."

„Warum wächst man in einem rasanten Tempo auf", fragt die Chronistin ihrer unbeschriebenen Tage.

Warum gibt es einen Blitz, während du lächelst? Weißt du nicht, dass der Glanz deiner Schönheit in der Familie eines armen Friseurs unübertroffen ist?"

"Ja, ich bin verflucht, eine Friseurstochter zu sein. Der Friseur ist eine verhasste untere Kaste in der Gesellschaft, Hey Gott, warum hast du mich in eine Friseurfamilie hineingeboren?"

Da sie als Mensch niederer Kaste geboren wird, soll sie entwurzelt werden, sie soll von den örtlichen Gangstern "besessen" und "benutzt" werden, selbst die mittleren Alters und die alten Kleiderbügel ziehen ihre eigenen Zungen, um einen illegitimen Saft abzulassen.

"Sie wird unsere sein!" Gier braute sich in den Köpfen der Jugendlichen zusammen. Draupadi war intelligent darin, jeden Schritt der Fremden zu lesen. Wenn sie an einem bestimmten Tag allein in ihrem Haus ist und es ein Summen gibt, stellt sich Draupadi vor, von einem Mord an wütenden Krähen umgeben zu sein, die bereit sind, sie zu Tode zu schnäbeln.

Und ihr Vater droht mit ehrfürchtigem Stolz: "Wenn jemand in ihre Nähe kommt, werde ich ihm die Kehle durchschneiden." Er kann den jahrhundertelangen Hass auf die Niedrigen nicht vergessen. Es stört ihn, erniedrigt ihn. Er ist von innen fragmentiert, einige schmutzige Worte kommen manchmal gut aus seinem Zwerchfell.

"Du, der Friseur, du der traditionelle Haar- und Nagelschneider, der Sklave der höheren Kasten - du trägst" handi "(irdenen Behälter) mit Süßigkeiten und" paan "für einen endgültigen Heiratsantrag, du begleitest die Heiratspartei zum Pandal und erledigst die Gelegenheitsjobs, du nimmst mit gefalteten Händen Abschiedsgeschenke vom Vater der Braut.

Hey, du Friseur, eine abscheuliche Nichtigkeit in der sozialen Hierarchie! Halte Mama, bleib niedergeschlagen."

Eine selbstbrechende Wut tötet ihn. In der Zwischenzeit schwingt Draupadis bedrängter Vater sein Rasiermesser: "Hier ist ein Rasiermesser, wer auch immer um sie herum hängt, wird ihn in Stücke schneiden. Ich bin stolz auf meine Tochter. Sie ist eine Mondgöttin. Haben Sie eine so hellhäutige, schöne Tochter bei sich zu Hause? Nein, sie ist selbst leicht. Sie wird kein Boot in einem dunklen Fluss besteigen. Sie segelt in Wasser so weiß wie ein Glas."

Das vierte Treffen

Ein bunt karierter Gamchha (ein langer Baumwoll-Schweißwischer) an einer Seite; der mystische Minnesänger, der als "Baul" bezeichnet wird – mit einem "Ektara", dem "Dotara", dem einsaitigen Instrument, zusammen mit dem "Dugi Tabla" oder einer Trommel an den magischen Händen seines Assistenten - hat eine begeisterte Zuhörerschaft angezogen. Mit eifriger Aufmerksamkeit zuhören, sich bewegen und mit ihren jubelnden Beinen tanzen, die sich mit klatschenden Handflächen synchronisieren, sehen die Zuhörer vertieft aus, auch aus der Ferne. Sie werden jetzt immer zahlreicher, während die herzerwärmende Musik und eine dramatische Audiopräsentation sie vor Bewunderung auftauen lassen.

Es ist ein angenehmer Nachmittag, aber Nirban kommt dort mit einer resignierten Traurigkeit in seinen Augen an. Es gibt ein trübes, langweiliges Gefühl, wo er weinen will, aber er kann es nicht. Er ist gekommen, um einen Schmerz in sein Herz zu bringen. Er sucht im Inneren nach dem "Warum"?

Er beugt sich durch die Menge und setzt sich an einen geeigneten Ort. Neugierig und verwundert wird er plötzlich unwiderstehlich von den Zeilen einer Lyrik des Chief Singer angezogen:

„Sob loke koy Lalan ki jaat Sangsare"

(Alle fragen : Hallo ho, was ist die Kaste von 'Lalan Sai'?)

„Lalan bale jatir ki rup dekhlam na ci najare ||

(Lalan sagt, niemand kann sagen, wie ein "Jaat" oder eine "Kaste" aussieht.)

Keu mala keu tasbir gale

taito re jaat bhinno bale

jaoa kimba asar sicherheit

jaater Chinha Roy Kare ||

Chhunnat dile hoy musalman

Narir tabe ki hoy bidhan

Baman Chini Poiter Praman

    Bamni chini ki prakare—"

(Wenn Sie den Jungen beschneiden,

Er wird Muslim.

Was ist mit den Frauen, scheinst du?

Erkenne das 'Brahman' mit seinem heiligen Faden

Was ist mit den Brarhmani, mein lieber Freund?

Einige tragen eine "Girlande" und einen "Tasbir" mit dem anderen am Hals

Von welcher Kaste bist du bekannt, während du geboren bist und bei Death, Trek?)

Nirbans Beine sind klebrig. Er kann sich nicht bewegen. Ein frischer Windstoß schlüpft in seine Lungen. Er atmet tief ein.

Der Chef-Sänger zeigt nun mit den Fingern auf den Assistenten. Der zweite nimmt das Stichwort mit einer offenen, kehligen Stimme an. Die Bedeutung ist den Zuhörern völlig klar:

"Der Körper ist der Käfig und die Seele ist darin gefangen, öffne die Türen deines Körpers, finde Gott."

"Khanchar bhitor achin pakhi kyamne ase jay?" Meine verehrten Zuhörer, wer ist dieser "Achin Pakhi"? Es ist die unzauberte Seele, die ein- und ausfliegt. Lass es niemals los, halte es an deinem Körper fest. Er ist der "Moner Manush" der Entität nach meinem Herzen. Schau nach innen. Befreie deine Seele, um deinen "Moner Manush" zu begrüßen, bete ihn an. Verehre sie. Das ist Liebe, das ist Hingabe, das ist der 'Sahajiya Ananda'. Tempel und Moscheen versperren dir den Weg. Die akzeptierte Religion fesselt deine Füße. Kleriker und Priester drängen sich wütend und singen "Spaltung". Aber wohlgemerkt, die Liebe kennt keine Grenzen. Der immer geliebte hungrige Radhika übt, wie man Gobinda trifft. Der Dichter bat Padma, "Dehi pada Pallava Mudaram". Um dieser Liebe willen sehnt sich der Himmel danach, auf die Erde herabzukommen, und Gott wird Mensch. Meine lieben

Bhakts, bindet euren Nachbarn mit Liebe - es ist die größte Bindung auf Erden. Aber?

Die Sängerin verstummt für einen Moment.

Was sehen wir? Überall gibt es Paradoxien.

Vielleicht hat jemand Handlungen eines Spiels auf dieser "Mahabishwa" (Größere Welt, der Kosmos) umgekehrt

„The Land talks in Paradox

Und die Blumen verschlingen

die Herzen der Früchte

Und das sanfte Weinbrüllen

erwürgt den Baum.

Der Mond geht am Tag auf

Und die Sonne bei Nacht

mit leuchtenden Strahlen

Blut ist weiß

und auf einem See aus Blut

ein Paar Schwäne schweben lassen

kontinuierlich kopulieren

In einem Dschungel aus Lust und Liebe."

(Original von Guruchand, übersetzt von Rakesh Chandra)

Der Hauptsänger tritt in den Vordergrund. Brüder, Schwestern und angesehene Älteste -

Die Liebe herrscht!

Aber unser Guruchand singt sarkastisch:

Wie der Dumme singt

Wie der Dumme singt

für Gehörlose

der Handlose spielt die Laute

Und der Krüppel führt den Tanz an

Der Blind Catch

in die Show vertieft

Was für eine seltsame, lieblose Welt ist das!

Nirban sitzt da, wenn alle Zuschauer gegangen sind. Er sitzt allein und erinnert sich an Houde Gosais Zeilen:

Am anderen Ufer

Am anderen Ufer

des Ozeans

des eigenen Selbst

zittert einen Tropfen Flüssigkeit

als Ursprung von allem.

Aber wer kann die Wellen überwinden und sie erreichen?

Die Wurzel von allem liegt in dir. Erkunde die Basis, um die Essenz zu erreichen.

Nirbanisches Gemurmel im Inneren, wer kann die Essenz erreichen? Kann er das wirklich? Wie kann ich den Flüssigkeitstropfen - das Gold der Golds - einsammeln?

"Junger Mann, was quält dich?"

"Nichts."

"Nichts bedeutet etwas. Ich habe bemerkt, dass sich in dir etwas zusammenbraut. Deine Kehle verdickt sich. Deine Stimme knackt. Etwas hat dein Herz gequält?"

"Eigentlich war ich tief in deine Lieder vertieft. Wie schön Sie eine Verschmelzung von Hinduismus, Buddhismus, Vaishnavismus und Sufi-Islam geschaffen haben - und doch unterscheiden Sie sich deutlich von ihnen."

"Junge, du hast etwas über uns gelernt."

"Ist es nicht eine Mischung aus yogisch-tantrischen Praktiken buddhistischer Sahajia, Vaishnav Sahajiya und Sufi-Gedanken?"

„Wie viele von Ihnen - von der jüngeren Generation - lesen oder recherchieren darüber? Aber lieber Wissenssucher, wir sind nicht die letzten Sahajiyas des Buddhismus, die behaupteten: "Jaha ache Brahmande, taha ache Dehavande". Wir nehmen "Deha", aber nicht die Flut von Sexualität durch die buddhistischen Sahajiyas."

"Ich verstehe. Aber nicht alles ist kontrollierbar. Die Barrieren werden durchbrechen...

Er zeigt eine nachdenkliche Stimmung. Der Häuptling Baul fragt: „Ich fürchte, du bist voller Liebe. Aber du bist eine reine Seele. Man kann nicht über die Grenzen eines Gentleman hinausgehen. Junge, wenn das Leben, der Geist und die Augen übereinstimmen - das Ziel ist in deiner Reichweite. Du kannst das formlose 'Brahma' mit bloßen Augen sehen."

Lalan hat uns ein Lied geschenkt: Während der Mann und die Frau in mir sich in der Liebe vereinen, blendet die Brillanz der Schönheit, die in dem zweiblättrigen Lotus in mir ausgeglichen ist, meine Augen. Die Strahlen überstrahlen den Mond und die Juwelen, die in den Kapuzen der Schlangen leuchten. Meine Haut und meine Knochen sind zu Gold geworden. Ich bin das Reservoir der Liebe, lebendig in den Wellen… Uaa beta, suche die Arme der Liebe; begib dich auf eine Reise, um diese zitternde Flüssigkeit - die Essenz - zu sammeln. Geh, nimm ihre Hände...

Der Mitternachtsaufenthalt

Nirban hat es trotzdem geschafft, sich aus seinem Haus in den geheimnisvollen Schatten eines riesigen Baumes unter dem Mond zu wagen. Und dieses Mal wurde das Mädchen dazu gelockt!

Es ist der Ruf der wilden Nacht.

Dreimal lehnte sie ab. Aber der vierte Versuch von Nirban ließ sie seinem Ruf erliegen. Nirbans Körpersprache deutete auf Entschlossenheit hin.

Nirban kam allein, jetzt stürzend, jetzt zwischen den unebenen Ziegeln des von Panchayat gebauten Bürgersteigs ruhend, und trotzte dann einer trostlosen, unheimlichen Straße, die von überwucherten Gräsern durchdrungen war.

"Oh mein Gott! Ein brillanter Management-Student in seinen letzten Jahren, der auf eine Campus-Platzierung von Lakhs von Rupien pro Jahr wartet, betritt eine Straße, die ins Nirgendwo führt? Oder irgendwohin?" Fragt sich Nirban selbst.

Da stand Draupadi, wie eine gelochte Eule nachts.

Die Braut "hatte zugestimmt, aber der Galante kam zu spät!"

Die Nacht war still, nur die Eule, der Reiher und die Heckengrillen brachen das Schweigen.

"Also, bist du gekommen?" Nirban wirft seine Frage in einen Schatten.

"Komm, um dir etwas Ernstes zu sagen."

"Der Moment passt nicht zu deiner" Ernsthaftigkeit "."

"Es passt auch nicht zu deiner Traumfreundlichkeit."

"Klug!"

"Nicht wie du. Ich bin ein armes Mädchen, das im Reet eines armen Vaters lebt und nur das Licht der Bildung träumt, um Kerzen in einem nicht beschriebenen Ferienhaus anzuzünden."

"Brillant."

"Hast du jemals einen tiefen Schatten unter einer Autobahnüberführung gesehen?"

"Du bist das lebhafteste Mädchen, kein Schatten. Sei es so, ich werde den Schatten in eine welterschütternde Venus verwandeln."

"Ich bin nicht so intelligent wie du."

"Du bist Chitrangada, mit Schönheit, Mut, Waffen und Intellekt."

"Glaub mir, ich habe keinen Mut. Ich bin ein schüchterner Kerl."

"Ok! Ok!"

"Die Zeit tickt. Ich bin hinter Wolken von Hindernissen hergekommen. Bitte sag mir, warum hast du mich angerufen?"

"Sag mir zuerst, warum hast du auf meinen Anruf geantwortet?"

"Ich bin mir nicht sicher. Jemand hat mich von zu Hause weggebracht."

"Dieser 'jemand' stellt dir eine einfache Frage: Willst du mich heiraten - nicht jetzt, nicht in diesem Moment - aber einige Jahre später?"

"Ich möchte nicht in falschen Hoffnungen gedeihen."

"Falsch? Hast du dein inneres "Du" gefragt, dass du von falschen Hoffnungen angezogen wirst?"

"Ich hätte das innere" Ich "täuschen können."

"Nein! Dein inneres "Du" hat dich praktisch dazu inspiriert, herauszukommen."

"Ich bin nicht hierher gekommen, um als Elender auf einem ungetretenen Weg zu sterben. Wie kann das sein? Ich bin die Tochter eines Barbiers, der niedere Kastenschuft, aber du bist der Sohn eines einflussreichen Brahmanen, der höchsten Kaste und Klasse unserer sozialen Hierarchie!"

"Intelligenter als das, was du vorgibst zu sein!"

Draupadi schreit leise.

"Weißt du nicht, dass das nicht möglich ist?"

"Ich werde es 'möglich' machen."

"Eine Verliebtheit von 23 oder 24 Jahren wird größer und es wird in einem Fiasko enden."

"Falsch. Eine Entschlossenheit von 24 Jahren, und sie wird nie enden."

"Du - auf der einen Seite und die ganze Welt auf der anderen. Warum hängst du um mich herum? Du, als Galanter, bist der Reichtum der "sieben Könige" von wohlhabenden Eltern, intelligente, kluge, schöne und elegante Töchter werden auf dich herabstürzen!"

„Ja, natürlich! Als sie wie Geier auf uns herabstürzen!"

"Du kannst dir nicht vorstellen, wie gefährlich und riskant die Beziehung zwischen einem Brarhman-Jungen und einem Friseurmädchen ist!"

"Ich glaube nicht an Kasteismus. Ich glaube an die Menschheit."

"Wenn dein vorübergehender Wahnsinn dich im Stich lässt, wirst du mich sicher im Stich lassen."

"Niemals. Niemals."

"Deine Eltern werden mich rausschmeißen."

"Ich werde mit dir durchbrennen."

"Hey, deine Eltern werden dich enterben."

"Es ist mir egal. Ich bin keinen Cent wert, ich bin Pfunde wert. Sogar kann ich ein Haus in den Sümpfen bauen."

Draupadis Stimme dämpfte. Der Sumpf hat kein Wasser darin. Sie steht wortlos, ruhig und gleichgültig da und wird in einem kühlen Winter auf einer Straße zurückgelassen. Nirban konnte ihr Gesicht auch in der Dunkelheit lesen. Dennoch, l Draupadi, erschrocken vor den Konsequenzen, stand wie ein Wald, ohne Bäume. Als nächstes brach sie in einen hilflosen Schrei aus.

Ihre Augen waren mit dunklem Wasser gefüllt, vermutete Nirban. Nirban ergriff plötzlich ihre Hände. "Warum weinst du? Ich bin hier, dein Seelenverwandter. Ich bin keine Ausschweifung oder Erniedrigung."

"Siehst du, ich habe ein Selbstwertgefühl, das du nicht verletzen kannst. Ich bin ein Mädchen - auf den Schritten, eine Frau zu sein. Du bist ein Junge. Morgen, wenn deine Berauschung vorbei ist, stehst du in der Ferne als hochkastiger potenzieller Junge und ich bin die Tochter eines armen Barbiers, begraben in Demütigung."

"Ich werde außerdem in diesen dunklen Pool springen, kann die größte Sünde begehen, ich kann in die Hölle gehen, über ein turbulentes Meer schwimmen, werde den Stürmen trotzen - nur für dich und dich", zog Nirbans Mund im Zorn zusammen.

"Ich bitte darum, mit gefalteten Händen nicht so grausam zu sein, diese ominösen Worte auszusprechen. Warum wirst du für ein nicht beschreibendes Mädchen wie mich sterben? Ich bin ein wegwerfbarer Abfall in eurer Gesellschaft."

"Ich erkläre, dass du für mich das am besten zu bewahrende Juwel in der Tiefe meines Herzens bist."

"Ich glaube nicht an deine Oden. Männer sind die heimtückischsten Lügner. Oft werden sie versprechen und dann verschwinden."

"Brauchst du einen Beweis, ob ich meiner Liebe treu bin? Okay, schau mich einfach mit deinen großen Augen an - sieh durch den dunklen Kanal des Lebens - hier klettere ich hoch zur Übergeschichte dieses uralten Baumes, werde von seinem obersten Ast hinunterspringen - wenn ich sterbe, verstaue meinen Körper auf seinem Ast und stoße ein Shloka von Radha aus..."

(Er klettert unter völliger Missachtung der Konsequenzen hinauf)

"Hey, bitte hör zu, der Stamm des Baumes ist rutschig, es ist nicht sicher, wo du deine Füße hinstellen wirst. Bitte hör zu, bitte. Du wirst dir die Beine brechen, von Schlangen geschlagen werden."

"Also, was geht dich das an?"

"Deine Eltern werden sonless sein und bis zum Tod warten."

"Ich bin erwachsen - nicht um mich unter dem Rand des Sari meiner Mutter zu verstecken."

"Steig bitte runter, klettter runter - wer außer den Narren klettert nachts auf einen Baum?"

"Gequält, bei meinem vorzeitigen Tod?" ha ha!"

vergießt das Krokodil Tränen! Es sind echte Tränen, glaub mir, der Stein ist endlich geschmolzen."

"Oh, was soll ich mit dir machen? Du bist nur ein ungeschliffener Stein, nicht mehr und nicht weniger."

„Unlauterer Vergleich. Es scheint, dass du die gefühllosen Augen eines Geldverleihers im Monat Bhadra (Monat August) bist."

"Ich kann solche Verleumdungen nicht ertragen, bitte!"

"Du bist die Hiebklinge eines Metzgers."

"Oh! Wäre ich doch tot!"

"Warum solltest du? Du - die auserwählte Apsara (schöne Jungfrau, von den Göttern auserwählt) der Götter, mein Tod wird dich nicht viel kosten."

"Nein! Ich wollte nie, dass du stirbst."

"Versprichst du mir, mich zu lieben - mich zu lieben - mich zu lieben?"

"Ist es etwas, das in einem Verkäuferladen abgeladen wurde? Kannst du nicht das Leid teilen, in dem ich mich befinde? Lies meine Augen auch in der Dunkelheit. Wirst du das?"

"Ohhh! Ich bin ein Narr."

"Bitte klettere runter, bitte!"

Nirban liegt im Handumdrehen auf dem Boden.

Es folgen einige rohe Zischgeräusche.

Nirban nähert sich. Draupadis Herzklopfen.

Nirban, der Heranwachsende Arjuna sieht sie grenzenlos wie ein Meer. Unfassbar.

Nirban hört auf ihren Atem. Aber wo ist sie?

Er streckt seine Hände aus, um sie zu spüren. Er wird zu einem blinden Schläger. Draupadi ist dunkel wie die Nacht. Nirban taucht tief in die Nacht ein und spürt sie endlich - sie schmilzt wie ein weicher Boden.

Nirbans Finger verfolgen ihre Lippen. Ihre Lippen scheinen in der Stille erstarrt zu sein. Vielleicht bist du ein taubes Entsetzen. Er pflanzt einen tiefen Kuss in ihren. Das Mädchen, verängstigt, weiß nicht, wie es den Kuss erwidern soll. Sie nimmt seinen Kopf an ihre Brust; schüttelt sein Gesicht mit ihren erwartungsvollen Händen und beißt ihm aus einem lange unterdrückten Hunger auf die Lippen.

Nirban wird härter, seine Organe steif und steif mit einem Wunsch, der unbekannt ist. Er überflutet Draupadis Lippen mit wilden wilden Küssen. Draupadis unberührte Brustwarzen versteifen sich. Ihr Herz beginnt wild zu schlagen, ihr Herz schlägt im Nacken.

Der Himmel fühlt sich schüchtern an. Der Mond verbirgt ihr Gesicht. Der Wind gähnt mit dem leichtsinnigen Zischen der Begierde. Eine Eule kräuselt seinen spähenden Kopf aus seinem Baumloch, weicht aber mit einer Angst zurück, die er noch nie zuvor erlebt hat.

In dieser Nacht waren die Bäume um sie herum dunkle Zuschauer. Die Sterne funkelten, verschwanden aber in ihren ätherischen Häusern.

Draupadi entdeckt am nächsten Tag Kratzer auf ihrer weizenbraunen Schulter, ihren geheimen Reichtum, den Stolz zweier runder Brüste, geplündert...sie ruft heimlich aus: "Was für ein roher Plünderer er ist!"

"Durchgesickert bekam die Nachricht

Wer könnte sich weigern?

Das Geheimnis lag in der Luft

"Nein, das ist nicht fair!"

Wütend in Eile, das alte

"Ein Brahmane, an einen Friseur, verkauft!"

Der Kluge kam zusammen

Die Galanten versammelten sich.

Die Dorfbewohner, die sie in ihren Griff bekamen

Die Sitzzäune, könnten leicht

'Nirban halten und in Kette legen

Draupadis Clique wird umsonst sein!

Innerhalb einer Woche verschlechterten sich die Ereignisse. Vom Schlimmsten zum Schlimmsten. Es verschlimmerte den Zorn der Brahmanen.* Ein wütender Mob ging plötzlich aufs Feld. Und sie waren schnell polarisiert. Die meisten der "unteren Kasten" stellten sich auf die Seite von Draupadis Vater, Kishorimohan. Die sogenannten "Kshatriyas",* Karan-Kayastha und Raju nach Kaste* waren bei den Brahmanen. Die Mahishyas, Tilis, die Namashudras und andere Kasten nahmen eine mittlere Position ein. Sie hatten ein Mitgefühl für Kishorimohan, einen Herrenfriseur, der ihnen lange diente. Seit undenklichen Zeiten hatten sie den unkritischen Glauben der guten Nachbarn an die soziale Hierarchie erhalten. Die Säule der sozialen Architektur war intakt. Mammutartige soziale Veränderungen hatten den Ort überschwemmt, aber das Gebäude von Brahman-kshatriya, Vaishya-Shudra an der Spitze und den unteren Kasten, einschließlich Unberührbarer wie Haddi (hari) *Kodma* Doluis am äußersten Tiefpunkt, blieb gleich. Nun gilt diese ungewollte Wendung als großer Stein, der auf das Hornissennest geworfen wird. Das Dorf und die angrenzenden Ortschaften befinden sich nun in einem tiefen Aufruhr.

Innerhalb weniger Tage wird Draupadi als ein Apfel der Zwietracht angesehen.

Ihr Vater roch etwas Falsches.

Seine liebe Tochter war launisch, nachdenklich geworden. Manchmal schaute sie nirgendwo hin und weinte allein.

Aber eines Tages ist er entschlossen, sie zu fragen.

"Was quält dich, liebe Tochter?"

"Nichts, Papa."

"Maa re (meine liebe Tochter), du siehst so zart aus wie Tränen!"

"Mach dir keine Sorgen, Papa." Sie versuchte, Papa auszuweichen.

Aber ihre Mutter hatte nichts unversucht gelassen, um... einen giftigen Spross zu sehen - gibt es etwas, das sie versteckt?

In der Zwischenzeit plante die Barber- und Unterkastenclique, Nirban zu entführen. Spione brachten es zu den Brahmanen. Dies schuf eine tiefe Kluft in der uralten Bindung der Dorfbewohner.

Nirban und Draupadi stehen jetzt unter Hausarrest. Die Brahman-Kshatriya-Mischung sieht rot aus.

"Was für eine Kühnheit? Was denkt ein Friseur über sich selbst! Wir werden ihn aus dem Dorf werfen."

Sie werden proaktiv.

Für die Chakrabortys, für die Eltern und Verwandten von Nirban klang die Nachricht wie ein Blitz aus heiterem Himmel. Sie wurden von einem Aufflackern unkontrollierbarer Wut ergriffen. Die Nachricht verbreitete sich wie ein wildes Feuer. Es schickte einen scharfen Schock durch die Brahman-Identität. Sie reagierten heftig, als ob eine Panikkugel durch ihre Kehlen stieg, so lange genossen sie das "Mantra - Überlegenheit" in der Anbetung Gottes - und die Gottheiten sprangen um sie herum. Die "heilige Identität" der Brahmanen - einige von ihnen behaupteten, direkt von einem großen Weisen oder "Rishi" zu stammen - wurde entweiht!

Sie fühlten eine verzweifelte Verzweiflung.

Und Draupadi?

Sie spürte ein Flattern der Panik. Angst kühlte ihr Herz. Ihr Gesicht wurde dramatisch geschlagen. Sie war verärgert, als sie hörte, wie ihre Nachbarn sie verachteten.

Draupadis Vater hatte Angst, etwas war schiefgelaufen. Jetzt schreit er sie an. Er wirft einen zweifelhaften Blick zu.

"Sag mir, wer er ist."

Nach einer langen schmerzhaften Überredung offenbart sie: Er ist kein anderer als Nirban, der "Chhotobabu" (jüngere Sohn) der Chakrabortys.

„Oh Gott, der Himmel fällt über mich! Was zum Teufel hast du entfesselt! So ein gepflegter junger Mann aus der angesehenen Chakraborty-Familie! Ich schneide dich in Stücke. Wird den Jungen unter dem Schlamm begraben. Was ist aus ihm geworden? Warum hat er uns beschämt?"

Nirban war in der Nähe. Er kam aus seinem Versteck - ein stolzer Junggeselle und ein entschlossener Werber.

Draupadis Vater Kishorimohan schwang sein Rasiermesser.

"Hast du das gesehen? Ich werde dich nicht verschonen, selbst wenn du der Sohn einer wohlhabenden Familie bist."

Nirban verhielt sich cool. Er sagte: „Keine Sorge. Ich werde sie in Kürze heiraten."

"Was ist mit deinem Studium?"

"Ich werde es schaffen. Vertraue mir."

"Okay, ich vertraue dir, aber was ist mit der Gesellschaft hier?" Er kontrollierte einen tiefen Seufzer.

"Ich werde es mit ihnen aufnehmen. Überlass es mir."

"Ein grünes Horn wie du? Kennen Sie die Auswirkungen auf die Gesellschaft?"

"Ich sagte, ich nehme."

"Sie werden dich boykottieren."

"Lass sie es tun. Sie sind mir scheißegal!"

"Leichter gesagt als getan. Deine Eltern werden dich enterben."

"Ich habe keine Angst. Riesiges Grundstück ist auf meinen Namen registriert. Ich melde mich wieder auf ihren Namen an."

"Bitte hör auf, du Geschwätz. Alle deine Prahlereien stammen aus einer Verliebtheit. Heute bist du überschwänglich, morgen zeigst du mir ein Gesicht, das von Missbilligung und Enttäuschung getrübt ist. Du wirst sie mit einem traurigen Lächeln zurücklassen und sie wird sicher sterben. Siehst du, Tränen haben ihre Augen gestochen!"

"Okay. Ich werde das gesamte Guthaben auf meinem Konto auf ihr Konto überweisen."

"Kann Geld gegen Ehre eingetauscht werden? Verleumdungswunden?"

"Ich schwöre, ich bringe sie mit gebührender Ehre nach Hause."

"Dann? Deine Verwandten und das Dorf Panchayat werden hereinschwärmen und mein armes Mädchen rausschmeißen?"

"Glaub mir, ich werde sie das nicht tun lassen."

„Erfahrung hat mich weise gemacht. Ich habe viele unglückliche Ehen gesehen. Wer hört den Schrei des Mädchens in der Wildnis? Heute versprichst du es und morgen werden Öl und Wasser gelieren."
"Habt einfach Glauben und seht, was ich tue."

"Durchgesickert bekam die Nachricht
Wer könnte sich weigern?
Das Geheimnis wurde gelüftet:
"Nein, das ist nicht fair!"
Eilte die tobende alte
"Ein Brahmane, an einen Friseur, verkauft?"
Der Kluge kam zusammen
Die Galanten versammelten sich
'Halte Nirban in Ketten,
Draupadis Clique wird umsonst sein!"

Sowohl Draupadi als auch Nirban wurden angewiesen, unter Hausarrest zu bleiben und nicht auszuziehen.
Nirban war Adamanat. "Ich habe keine Sünde begangen. Ich werde sie heiraten, um sicher zu sein!"
Draupadis Vater Kishorimohan verlangte eine Registrierung der Ehe unter der Aufsicht des Gerichts.
Nirbans Vater Krishnakishor lehnte den Vorschlag ab.
"Hm! Ist es überhaupt eine Ehe?"
Aber das ganze Dorf und die Menschen im Umkreis von zehn Kilometern tobten vor Wut und Erniedrigung. Die Friseure in der angrenzenden Ortschaft weigerten sich, an gesellschaftlichen Zeremonien wie Geburt, Ehe und Tod teilzunehmen." Lasst die Gerechtigkeit da sein, fordern wir."

Kishorimohan gelang es mit Hilfe seiner Gemeinde, die Ehe über Nacht registrieren zu lassen, da Draupadi das Heiratsalter nach dem indischen Hindu Marriage Act erreicht hatte. Nirbans Vater verklagte gegen diese "illegale Handlung" und betete vor Gericht, um die Ehe für null und nichtig zu erklären. Es gelang ihm, eine Geburtsurkunde von Draupadi vorzulegen. Das Zertifikat zeigte zu jedermanns Überraschung, dass Draupadi das Heiratsalter nicht erreicht hatte. Sie war erst siebzehn.

Aber alle Barbiere, einschließlich eines alten Achtzigjährigen, standen als bestätigte Zeugin ihrer Geburt da, da die Rituale von ihm durchgeführt wurden. Der letzte Nagel wurde an die Hoffnung von Nirbans Vater gebunden, als die ursprüngliche Geburtsurkunde von ihrem Vater vor Gericht vorgelegt wurde. Als einflussreicher Panchayat Pradhan (Hauptverwalter des Dorfes Panchayat) manövrierte Nirbans Vater, um eine Vielzahl von Menschen zu seiner Unterstützung zu präsentieren, aber der stämmige Richter widerlegte alle Argumente und Schreie. Er sprach sich für die Rechtmäßigkeit der Ehe aus.

Die Nachricht von dem Urteil verstärkte den Anspruch der Barbiere, aber es machte die Brahmanen wütend.

"Was für ein kühnes Missgeschick, zu dem ein Friseur Zuflucht genommen hat!" Die Brahmanen-Gemeinschaft vereinigte sich unter der traditionellen sozialen Hierarchie, wobei das Brahmane an der Spitze der Pyramide Macht, Pomp und Ruhm genossen hatte. Die Brahmanen wurden bei dieser "eklatanten" Verletzung der sozialen Ordnung und ihrer jahrhundertealten Normen gewalttätig.

Man hörte, dass die reichen höheren Kasten geheime Treffen organisiert hatten, während die Armen und Unterdrückten, die eine Unterstützungsbasis bei der Mehrheit der unteren Klasse und Kaste hatten, zu einer stärkeren Barrikade für die Brahmanen wurden.

Explodierte Nirbans Vater: „Derjenige, der unter unseren Füßen hätte sein sollen, hat es gewagt, über unseren Kopf zu tanzen! Pfui über ihn. Halte diesen Schurken auf. Verhindere, dass er so eine unverschämte Tat begeht. Gibt es nicht einen Beschützer der Moral unserer Gemeinschaft? Steh auf! Das ist ein Dharmayudh! (Religionskrieg)

Erhebe dich und beseitige dieses sündige Ereignis. Geh und lass den Friseur wegführen, damit er auf unsere Füße fällt!"

Die Situation ging über die Kontrolle hinaus. Weise Älteste rochen einen Brand, der die Gesellschaft verschlingen würde. Sie versuchten, Zurückhaltung zu üben: Halt. Hab Geduld.

„Was für eine Geduld! Was für eine verdammte Geduld ist das? Einer, der unter den Füßen war, ist gekommen, um über unseren Kopf zu pinkeln! Glaubst du, wir tolerieren das? Nein. Wir gehen ans Ende des Tunnels."

"Warte, du kannst das nicht tun. Das Gericht wird Sie im Falle von Menschenrechtsverletzungen belasten. Wie viele von euch sind bereit, zu den Türen des Gerichts zu rennen? Möchtest du Pendelhähne sein, die hin und her gehen und die Türen des Gerichts für eine Widerlegung anklopfen? OK. Wie viele von euch? Es ist keine politische Propaganda, es ist ein Urteil der Justiz. Werden Sie in der Lage sein, dem Vorwurf standzuhalten, dass Sie gegen die Justiz verstoßen? Lass deinen Ärger hinter dir. Denken wir über die anderen Wege nach. Wenn das Mädchen vor Gericht geht und sich darüber beschwert, dass Sie ihre Grundrechte einschränken - dann? Es wird den Wunden, mit denen du leckst, weiteres Salz hinzufügen."

Spione oder Informanten brachten die Nachricht von dieser Entwicklung in die Friseurgemeinschaft.

Die Friseure brüllten in verwundetem Stolz

"Lass uns Nirban am Gefängnis stehen lassen", sagte einer.

Hey, bist du verrückt? Er ist unser Schwiegersohn. Wir sollen ihn beschützen. Er ist ein Tausend-in-Eins-Juwel."

Der andere kommentierte mit einem klugen Lächeln: "Ha ha! Das bedeutet, dass die Friseure ein Upgrade erhalten haben, nicht wahr?"

> Die Insekten kamen in Schwärmen
> Die Ratten pflügten ein Loch
> Vögel nachtaktiv, ausgestiegen
> Mit Maulwürfen, die Gehaltsabrechnungen schnüffeln
> Die Heiratsvermittler schlichen sich ein:

> Hey, lass dieses Bett der Sünde
> Nur die Tapferen, Fairen verdienen es
> Blut in den Adern und Ehre, Reserve
> Der Respekt, den Sie sich als Mann verdienen
> Vergessen Sie die Tage, einmal, vergangene
> Holen Sie sich Geld und eine Prinzessin, aber keine
> Würde kommen und deinen hohen Clan entweihen.

Es begann ein heftiger Aufruhr unter den Dorfbewohnern. Herren der Bildung und der Besonnenen waren beunruhigt: Der Frieden wird aus diesem Dorf verschwinden.

Einige machten Grimassen mit ihrem düsteren Gesicht.

Etwas bespuckt. Einige bewegten sich und fürchteten eine große Katastrophe.

Die sogenannten progressiv gesinnten Modernen, die in den Zäunen saßen, traten hervor.

„Die Zeit hat sich geändert. Wir geben es zu. Aber wir können ein Friseurmädchen nicht als Schwiegertochter einer kastenhohen Brahmanenfamilie akzeptieren."

Einige witzige alte Männer sangen das Gegenteil. Sie begannen, aus den humanitären Werten zu zitieren, wie sie in den Werken des großen Nobelpreisträgers Rabindranath Tagore zum Ausdruck kommen. Einige pflückten einige weltliche Blumen aus den Texten des Nazrul-Islams, andere leiteten schnell die großen Sprüche des Weisen und Sozialreformers Swami Vivekananda weiter.

Ein überbegeisterter Junge sprang in den Kampf, hast du gelesen, was Vivekananda geschrieben hat?

"Ihr Höheren Kasten, verschwindet im Blauen."

Ein fakirartiger Mann begann zu singen:

> Was für eine Masse du erschaffst, Kumpel
> Im Namen der Kaste und des Hasses
> Sagen Sie, mit welcher Kaste Sie geboren sind

Sag mir, mit welcher Kaste du stirbst

Tod der Überladebrücke, mit seinem Spaten,

Kommt und nimmt zu einem einzigen Farbton

Dennoch streitet ihr mit Kaste und Kaste

Ich schäme mich für deine Kastenlust...

In der Zwischenzeit bleibt ein "Aber" (aus dem Geist von Lalan Fakir) in der Kehle des "Mantrajibi" stecken (nach den Slokas oder Mantras leben)

Brahmanen-Gemeinschaft:

„Sklaven, die der Gemeinschaft dienen, können nicht mit uns gleichgestellt werden.

Sie gehören zu einer fernen Gesellschaft.

Sie leben getrennt, als entfernte Rasse

Obwohl sie in der Nähe sind, gehören sie zu einem verlassenen Land.

Sie können nicht als "Jalchal" (Wasser zu nehmen

aus ihren Händen für einen Drink ist "unrein"; ist eine Blasphemie.)

Nirbans Vater erklärt fest: Ich kann nicht zulassen, dass eine sozial ausgestoßene 'Paria' (niederer Herkunft) in meine Familie gelangt."

Aber Nirban schickt ein Ultimatum: Ich verlasse das Dorf mit Draupadi. Bleib bei deiner Kaste. Vergiss deinen Sohn. Gerade jetzt bin ich im Bahnhof."

Der wütende Vater erweicht, wenn auch widerwillig, um das Duo in seine Familie aufzunehmen.

Eine riesige Menschenmenge kommt heraus, um ihnen beim Betreten zuzusehen.

Flüstern schwebt in der Luft.

Aber es wartet kein Empfang auf sie.

Niemand wartet darauf, dass Draupadi den Jungverheirateten einen Zugang mit einem irdenen "Pradip" (einem irdenen Behälter mit angezündeten Kerzen, um den Jungverheirateten zu begrüßen) oder mit einem "Kula", einem Tablett aus Bambus, gewährt, um Körner zu ziehen (ein Teil der Rituale).

Keines der "Eyos" (Frauen, deren Ehemänner am Leben sind) klingt "ulu" (ein pfeifendes Geräusch, das aus sich bewegenden Zungen von Frauen entsteht, um den Neueinsteiger zu begrüßen). Nach traditionellem Brauch soll die angehende Schwiegermutter eine Platte mit Früchten und Süßigkeiten um den Kopf der Braut schwenken, aber sie ist nirgends zu finden. Keine Muscheln wehen für ihr Kommen. Die Angehörigen stehen neugierig beunruhigt auf Distanz. Das Paar betritt das Schlafzimmer mit einer Stille, als ob es sich um den Verbrennungsplatz handelte.

Draupadi stand sprachlos da.

Es gab kein Licht außer einer schlechten Laterne, der Docht brannte schlecht unter der Abdeckung eines ungereinigten Glases.

Draupadi spürte, dass sie allein in einer dunklen Nacht stand, während ein streunender Blitz von einem fremden Himmel über ihr erschöpftes Gesicht blitzte - ein Gesicht, das die Menge aus der Ferne anziehen konnte. Ein Gesicht, das unter den Stalkern "hinreißend" geworden war.

Der einzige Trost war Nirban.

Er flüsterte ihr ins Ohr: „Sei cool. Alles wird gut. Lass die gegenwärtige Spannung nachlassen."

Kaum hatten sie dieses Gespräch geführt, begann Nirbans Mutter Feuer zu entfachen:

"Du, 'Rakshasi', (ein weiblicher Dämon, berüchtigt dafür, viele zu töten und den Frieden des Haushalts zu zerstören)—

Lass Blut aus deinem Mund sickern und du bist in einer Minute erledigt! Gibt es jemanden, der diesen Blutegel auf Salz legt? Gibt es jemanden, der diese schwarze Ameise abreiben kann? Ich sollte ihr besser Gift in den Mund gießen!"

Draupadi, verärgert, starrte Nirban leer an.

Nirban stand wie ein Fels.

„Maa, inhaliere oder schlucke das Gift, das du gerade erbrochen hast. Niemandwird es wagen, ihr etwas anzutun «, rief Nirban verzweifelt.

Er versuchte dann, Draupadi zu trösten. "Lass den Zorn meiner Mutter nachlassen. Du solltest wissen, dass es ein Schock für sie ist. Ich weiß, du bist mit Sicherheit stark. Ertrage solche Grausamkeiten einfach einige Tage lang. Ich weiß wieder, dass du über den gegenwärtigen Sturm hinwegkommen kannst. Bitte versuchen Sie, all diese unerwünschten Ziegelsteine, die auf Sie zugeworfen werden, wegzulächeln. Ich denke, sie wird sich beruhigen. Diese dunklen Tage werden ein göttliches Licht in unser Leben bringen."

In diesem Imbroglio traten die wirklich fortschrittlich gesinnten Menschen Nirban und Draupadi zu Hilfe. Einer von ihnen klopfte leicht auf Nirbans Schultern, um Solidarität auszudrücken.

„Bravo! Gut gemacht! Du hast getan, was ein echter Held getan hätte : Du hast einen Weg beschritten, den keiner dieser Feiglinge gewagt hat."

Ein gebildeter Bursche, ein Freund von Nirban, sagte: „Wir leben in einem Zeitalter von Supercomputern und künstlicher Intelligenz. Unser Land verkündet stolz - dies ist ein digitales Zeitalter, das wir eingeläutet haben. Wie kann diese Denkweise des „Kasteismus" toleriert werden? Das ist ein scharfer Widerspruch. Gehen wir zurück ins alte Indien?"

Ein alter Lehrer, der den Chakrabortys bekannt ist, fügte seine Kommentare hinzu: Unsere sozialen Ordnungen verändern sich. Die sogenannten sozial rückständigen Klassen treten in die Türen von Hochschulen und Universitäten. Sie skalieren in großer Zahl höher. Wie lange werden diese rückständigen Menschen im Namen der Religion und der Klassenhierarchie die Unterdrückung der Religion tolerieren, die ihnen zugefügt wird? Diese Leute sind "niedriger", weil wir sie in den Abgrund gestoßen haben. Vielleicht werden sie sich jetzt erheben... ein revolutionärer Aufschwung steht vor der Tür...das ist das ungeschriebene Gesetz der Geschichte."

Die konservativen Hardliner phoophoosieren die Neo-Modernen - „Zur Hölle mit deiner Geschichte! Sind wir, die höheren Kasten, tot, dass die unteren Parien auf unserem Kopf tanzen werden? Das Schwarz nimmt also keinen anderen Farbton an. Schneiden Sie die

Wurzeln ab, schneiden Sie die Stiele auf! Dieswird den schmutzigen Wunsch beenden, dass sie in die Rechte anderer eingreifen."

Die Brahmanen haben Angst. Sie könnten ein verspätetes Auftreten auf dem Gebiet der praktizierten Religion haben. „Sind diese Schriften - die Bhagabat Geeta, das Ramayana und das Mahabharata - die achtzehn Puranas - erfunden? Sie werden direkt aus dem Mund des Herrn des Universums gezogen. Teilung und Machbarkeiten von Chaturvaranas sind vor-ordernisiert (Vier Barnas repräsentieren vier sozio-religiöse Orden - die Brahmanen, die Kshatriyas, die Vysyas und die Shudras. Der Rest ist unberührbar, außerhalb des sozialen Gefüges. Der "Barbier" ist auch ein Ausgestoßener, wie in Millionen von Shlokas, Hymnenpaaren von Sanskrit-Versen) erwähnt.

Die Situation verschlechtert sich weiter.

Selbst die Kshatriyas (die zweite höhere Kaste) sollen geheime Treffen abhalten, um für eine bewaffnete Rebellion durch Kastenkonstellationen bereit zu sein. Sie schärfen ihre Waffen, um bei Bedarf in den Kampf zu springen.

Hinzu kommt eine schwere Krise, die wie ein Geschwür an der Elephantiasis auftaucht. Die Brahmanen der südindischen Wurzel kommen auf das Feld. Sie erklären :

"Wenn Nirban dieses Mädchen nicht aus seinem Haus wirft, werden wir seine Familie boykottieren. Wir werden kein Wasser aus ihren Händen trinken."

Und der letzte Machtblock, das Dorf Panchayat (lokale Verwaltung), kann dafür nicht blind bleiben.

Die Vorbereitungen für einen geheimen Krieg laufen zu Fuß.

Tage vergehen in hektischen Vorbereitungen, Flüsterkampagnen, auch mit geschärften Armen. Vorbereitungen für was? Für einen Krieg zwischen dem Brahman-andere-Kasten-Nexus und den unteren Kasten.

Der Schiedsrichter wird aus den verschwörerischen Brahmanen ausgewählt. Ihr Elfenbeinturm knackt.

In dieser kritischen Stunde steht das Dorf Panchayat vor einem Riss - einer gähnenden Lücke. Zwei Seiten schreien häufig, um einen Zusammenstoß auszulösen.

Die Barbiere fürchten ein lebendes Begräbnis von Draupadi durch die Brahmanen, während die Brahmanen vermuten, dass Nirban erneut von den Barbieren entführt wird.

Der Brahmane Mahalla behauptet: "Nirban ist unser Junge, unsere Kaste."

Der Barbier Mahalla erklärt: Nirban ist unser Schwiegersohn. Er gehört uns."

Die Brahmanen marschieren in einem Körper zur Polizeistation, Lodge klagt gegen die Barbiere, dass das Leben ihres Sohnes Nirban bedroht sei.

Die Friseure starten einen "Gherao" der Polizeistation. "Wir wollen eine TANNE einreichen, dass Draupadis Leben auf dem Spiel steht. Die Brahmanen verschwören sich, um sie zu töten."

Der arme Draupadi wird gedemütigt, erniedrigt, um den Staub zu küssen.

Draupadi trauert "Ich bin ein hilfloses Mädchen, hilflos geboren und werde hilflos sterben!"

Nirban antwortet prompt: „Wer sagt das? Ich bin hier, bei dir! Bin ich das nicht?

Draupadi schreit leise. Du bist nicht mein vierundzwanzigstündiger Leibwächter.

"Hat dir jemand wehgetan?

"Nein! Ich blute von innen."

"Ich werde meine Familie verlassen. Beruhige dich in einem anderen."

"Bitte, nein! Sie haben mich bereits als Heimbrecher angenommen. Ich habe ihren Sohn mit Magie ergriffen."

Nirban lacht über die Bemerkung und sagt: "Ja, ich bin von deiner Magie verfolgt worden."

"Liebst du mich, Nirban?"

"Dumme Frage."

"Ich bin verwirrt."

Fragen Sie diesen guckenden Mond aus dem offenen Fenster: "Liebt er mich?"

Draupadi fühlt sich schüchtern, kuschelt mit ihrem Nibu, öffnet die Türen ihres Tempels.

Nirban, "Ich hatte noch keinen so welligen Rücken wie diesen von dir gesehen. Solch eine atemberaubende Trennwand, solch eine volle, runde, stark gebaute Brust."

Er küsst ihre Brustwarzen; Draupadi zittert. Fühlt, dass sie eine Million Jahre Durst hatte. Ihre Augen leuchten vor Resignation. Ihr Körper erhebt sich aus der Kurve ihrer schlanken Taille. Ordentlich aufgebaute buttrige Oberschenkel schreien nach einem Kuss, nach einer tiefen liebevollen Massage einer rauen männlichen Hand. Ihre Lippen krümmen sich.

Nirban wird verrückt vor stürmischen Küssen. Er beißt, kratzt sich an ihren Brüsten, beißt ihren wunderschön geformten Hals.

Plötzlich heult draußen ein Schakal. Die Eulen schreien. Schlangenzischen. Kröten knistern.

Draupadi schrumpft zurück.

„Das ist ein böses Omen, Nirban. Die Götter haben unsere Vereinigung abgelehnt."

Nirban tröstet sie, streichelt, legt ihre schnüffelnde Nase auf ihren Rücken und sagt: "Es gibt nichts Unheilvolles in unserer Liebe. Es ist so rein wie die Segnungen der Götter."

Einige Tage später.

Entschlossen betritt Draupadi das Schlafzimmer ihres Schwiegerelternteils.

Sie springt auf: „Nein, nein. Raus, raus aus dem Raum."

"Warum Ma, bin ich schmutzig, unrein, ein wegwerfbarer Abfall?"

"Clever in deiner Argumentation, nicht wahr? Warum bist du hierher gekommen, wie kannst du es wagen?"

"Ma, ich habe meine Tage ohne Arbeit verbracht. Kann ich dir nicht bei Hausarbeiten helfen?"

"Du? Die unantastbare Tochter eines Friseurs?"

„Ein Friseur ist ein menschliches Wesen. Gott hat ihn nicht zum Friseur gemacht. Mein Lehrer hat mir ein Shloka der Geeta beigebracht:

„*Chaturbarnyang maya shrishtang gunakarma bibhagasha:* |

Tasya Kartaramapi mang bidwyakartaramabyayam." | |

Herr der Welt Krishna hat gesagt: „Ich habe die vier Barnas der Welt nach den Werken geschaffen, die ihnen anvertraut wurden. Obwohl ich ihr Schöpfer bin, denke ich, dass ich in jeder Hinsicht inaktiv bin."

Die Augen des Schwiegervaters zeigten ein ehrfürchtiges Wunder.

Sie rief: „Halo allerseits, kommt und seht, dass sie keine Frau ist, sie ist eine Daan (eine Hexe), die von den Monstern geschickt wurde, um meine Familie zu zerstören.

"Draupadis Lächeln ist verschwunden. Nirban kommt ängstlich und umarmt sie.

Nirban : Warum lächelst du nicht?

Draupadi lächelte angespannt.

Nirban : He! öffne deinen Mund. Öffne deine Augen. Trinke tief die Schönheiten der Welt."

Draupadi : Meine Augen sind gelbsüchtig."

"Wie? meine Mutter hat dich gescholten?"

"Nein! Sie ist meine Schwiegermutter. Schwiegereltern ist zweite Mutter. Wie kann sie?"

Nirban verstand.

„Ab heute gehst du in die Küche. Ich weiß, dass du eine ausgezeichnete Köchin bist. Hatte ich nicht einen Geschmack von "Hammel dopyaja" und gebratenem Huhn? Eines Tages zuvor haben Sie vielleicht Bhetki Paturi gekocht? (eine Zubereitung aus geschnittenen Bhetki-Flachfischen, die in Senf und Kokosnusspaste getränkt sind)

Er schleppt sie in die Küche und fragt seine Mutter: „Mama, warum bittest du sie nicht zu kochen? Sie ist eine ausgezeichnete Köchin,...

Seine Mutter stand gewaltsam still.

"Glaubst du, ich werde meine Küche entweihen? Die Küche ist ein Tempel. Zubereitete Lebensmittel werden Menschen und nicht Tieren serviert. Ein böses Mädchen, ein Mädchen, dessen Eltern seit Jahrhunderten unter unseren Füßen waren, wird in unserer Familie die Küche betreten? Wenn sie kocht, wird niemand das Essen anfassen, ist das klar?"

"Das ist dein einzigartiger Kastenwahn." Ok. Ziehe mich einfach von den Menschen deiner Familie ab. Ich werde nicht in deiner heiligen Familie leben, um sie unheilig zu machen."

Er schleppte Draupadi eilig in ihr Schlafzimmer. In dieser Nacht schickte Draupadi ihre Augen zu einem fernen Halbmond, der Mond kam näher. Der Mond fragte sie: "Warum siehst du blass aus?" Nirban stellt die gleiche Frage.

"Ich habe lange vergessen, hell auszusehen, meine Liebe." Draupadi sagt reumütig:

"Draupadi, ich fühle dein Leiden, ich fühle, dass du innerlich gebrannt hast. Geben Sie mir nur eine Woche, ich bereite mich auf einen Einschnitt vor."

Draupadi hört ruhig zu, reagiert aber nicht.

Also hast du aufgehört zu reden?

"Ich bin ausgelaugt, Nirban. Ich brauche etwas Zeit, um mich auszuruhen."

"Geh in dein Zimmer, schlaf. Ich würde gerade von einem Spaziergang zurückkommen."

Als er zurückkehrt, ist es später Nachmittag.

Er eilt zur Küchentür. H hat noch nicht zu Mittag gegessen.

Gib mir schnell mein Mittagessen.

Er beschleunigte sein Tempo, aber als er etwas sah, hörte er plötzlich auf. Auf dem Flur zur Küche, wo ihre Haustierkatzenbullen und Hundegaurab Teller mit Futter erhalten, hat neben ihnen eine elende

Draupadi etwas zu essen auf einem verfärbten Teller Laopaola bekommen und sie wird gesehen, wie sie ihre Finger in einen "Pantabhat" (Reis, der stundenlang in Wasser aufbewahrt wird, um fermentiert zu werden) und gebratene Kartoffelchips bewegt, die verstreut liegen.

Er flog in eine Reihe.

"Ma—a—a?"

Seine Mutter kam heraus. Warum schreien Sie?

"Ist Draupadi ein Hund oder eine Katze?"

Draupadi versuchte, ihn aufzuhalten. Aber gescheitert.

"Ich frage dich, ist sie ein Mensch?"

"Erschaffe kein Drama. Ich gebe nur dein Mittagessen."

"Ich bitte nicht um mein Mittagessen. Ich frage, wer hat Draupadi diese Platte gegeben, was war eigentlich für Gaurab gemeint?"

"Vielleicht das Dienstmädchen."

"Frag sie hier."

Sein Vater beeilte sich nun, sich Nirban zu stellen. "Coole Feder, vielleicht hat sie es aus Versehen getan."

"Es ist kein Fehler, Dad. Mama hat es absichtlich getan, um sie zu demütigen."

Nirbans Vater gab eine kurze Antwort: "Weißt du, was für eine Last der Demütigung sie (Draupadi) uns zugefügt hat?"

"Sie hat nichts dergleichen getan. Wenn du jemanden anklagst, kannst du mich anklagen. Werfen Sie keine Unze Anklage gegen sie. Ich selbst ging zu den Türen ihres Vaters! Sie war nicht hinter mir her!"

"Hm! Ein Brahmane geht zu einem Friseur und bettelt?"

"Es ist nichts Falsches daran, die Hände einer perfekten Braut zu betteln."

"Du hast das Gesicht von vierzehn Generationen einer Brahmanenfamilie verunglimpft. Du bist eine Schande für uns!"

"Mein lieber Vater, ich respektiere dich. Aber sei nicht der Narr eines Pandits, des dunklen Mittelalters."

Nirbans Mutter schließt sich dem Streit an. "Wie kannst du es wagen? Ein gebildeter Brahmanensohn, ein brillanter Student, der seinen MBA macht, ist verrückt nach einem Friseurmädchen und er wirft seinem eigenen Vater Ziegelsteine zu! Geh, spaziere in der Mahalla und höre zu, wie die Leute uns anfeuern. Unser Brahmanismus ist befleckt, von dir - mein Junge!"

"Maa - könntest du mir sagen, zu welchem Brahmanen-Clan du gehörst?"

"Nibu, überschreite nicht deine Grenzen."

"Antworte mir, mein Pandit-Vater, du hast nicht weniger als achthundert Brahmanen-Clans. Von welchem Clan bist du? 'Rarhi?' 'Varendra?' 'Shakadwipi?' 'Kanouji'? Dakshini?' 'Utkal?' 'Kulin?' 'Bhanga Kulin?' ' Saraswata? " Shrotriya '?' Was ist mit Agradani oder Bhat, den Shudras unter den Brrahmanas? '

"Hör auf mit diesem Fusillade, mein Sohn. Wir sind Kulin Brahmanen, die höchsten der höchsten Ordnung."

"Wo sind dann deine neun Qualitäten - die eines Kulin Brahman? Regelmäßige Rituale, Bescheidenheit, Wissen, soziale Erhebung, Pilgerfahrt, Widmungsmeditation und Wohltätigkeit?"

Überall begannen die Leute in die Chakraborty-Familie zu blicken. Sie sind an diesem köstlichen Austausch von Feuern interessiert. Nirban hört nicht auf. Er geht bis zum Äußersten. Draupadi kann ihn nicht beruhigen.

„Wie bezeichnest du dich als Brahmane? Der Brahmanismus kann niemals auf die Nachkommen übertragen werden. Deine Vorfahren waren von ihrer Qualität her Brahmanen. Brahmanismus ist nicht erblich, mein gelehrter Vater. Es wurde durch Qualität erreicht, nicht durch Geburt. Es war nur der Kaiser Lakshman Sen, der es "erblich" machte, weil er mit einer sozialen Krise konfrontiert war. Nach welchem Kriterium unterscheidest du dich von den anderen?" Wie behaupten Sie, dass Sie auserwählt sind, reinblütig und von den Rishis abstammen?"

Wut flammte über das Gesicht seines Vaters auf.

Er brach in donnernde Wut aus.

"Du undankbare Drohne, wir sind Brahmanen, seit undenklichen Zeiten. Wir sind von Rishi Bharadwaj abstammen. Wir waren hoch geschätzt worden. Du, die sogenannten modernen Emporkömmlinge - du versuchst, die Abstammung zu entschärfen?"

„Lieber Vater, hast du vergessen, was uns deine Schriften hinterlassen haben - die„ Shlokas "(Hymnen an Gott)? Dann hören Sie zu,

„*Padapracharoistanu barna keshoi*

Sukhen dukheno cho, shonitena

Jwang masamedohsthirasoi samana

Skhatu : praveda hi Kathang bhabanti..."

Nicht durch Farbe, nicht durch Argumentation - noch nicht einmal durch körperliche Erscheinung - nicht durch Mutterleib, durch Kunst der Redekunst oder des Intellekts, durch Verwertbarkeit - durch Sinne, Lebenserwartung - Stärke, Religion, Reichtum, Krankheiten und Medikamente - irgendwelche kastenbezogenen Spezialitäten bestehen zwischen den Menschen."

Draupadi, der so lange vergeblich versuchte, ihn von jedem Argument gegen seinen Vater abzubringen, wird jetzt ohnmächtig. Und der Streit hört vorübergehend auf.

In der Zwischenzeit geht Draupadis Vater Kishorimohan Pramanick zur örtlichen Polizei, um eine TANNE zu kaufen.

Er hat von den Augenzeugen erfahren, dass Nirbans Vater Krishnakishore Chakraborty einige unbekannte Leute eingestellt hat. Boten eilen zu ihm : Geh zur Polizeistation!

Mit gefalteten Händen bittet ein weinender Vater Kishorimohan den Offizier, ihn auf einem Stuhl sitzen zu lassen.

Der Offizier antwortet nicht. Er ist am Telefon.

Kishorimohan Pramanick steht mit einigen Jungen aus seiner Gegend seit geraumer Zeit unbeaufsichtigt da. Er verliert die Geduld.

"Sir!" Bitte leihen Sie mir Ihre Ohren?

Der Offizier hält den Empfänger an der Wiege und schreit: "Was hat dich 'Rajkarya' (Werk königlicher Natur) hereingebracht?"

"Sir, ich möchte eine TANNE einlegen. Das ist dringend. Du warst damit beschäftigt, das Telefon zu beantworten - du hast nicht auf mein Gebet geantwortet -?"

"Und? Weißt du, das war ein wichtiges Telefon von einer respektablen Familie, die polizeiliche Hilfe suchte? Wir müssen eine Untersuchung durchführen. Woher kommst du?"

Aus dem Dorf Gourharipur.

"Dieser Unruheherd? Immer ein Problem, immer ein Zusammenprall, immer ein Kampf zwischen Mahallas - immer politische Väter, die als Messias auf der Szene erscheinen? Also, wofür sind wir hier?"

"Sir, bitte hören Sie zu"

Schnell-(Er schnappt sich das Papier mit einem Antrag auf TANNE und wirft einen schnellen Blick. Sein Gesicht ändert seine Farbe.)

"Oh mein Gott, du bist dieser Schuldige?"

"Sir, ich bin hierher gekommen, um meine TANNE zu lagern, wie oft soll ich das wiederholen?"

Der Ton seiner Stimme überrascht den Offizier. Er komponiert sich und bittet Kishorimohan, sich auf den Stuhl zu setzen. Seine Kameraden werden von ihm vorsichtig beäugt. "Bist du hierher gekommen, um Ärger zu machen? Wer ist der Dada (Bigboss) hinter dir?"

"Wir sind von uns selbst gekommen. Von niemandem angestiftet (zeigt Kishori). Er ist ein armer Friseur mit einem kleinen Landbesitz und traditionellem Sozialdienst im Dorf - ", antwortete ein junger Mann, der Kishori begleitete.

Der Offizier (zu Kishori) „Du bist mein Ziel! Dass du hier anwesend bist - hat die Hälfte der Mühe reduziert, die ich für eine Untersuchung und Suche auf mich nehmen wollte!"

"Welches Ziel, Sir? Ich kann nicht folgen."

"Du hast den einzigen Sohn der Chakrabortys entführt und ihn unter Hausarrest gestellt?"

"Im Gegenteil. Er hat eine Bande von Hooligans angeheuert und angestiftet, um dem Leben meiner Tochter ein Ende zu setzen."

„Geduld! Wer ist Ihre Tochter? In welcher Beziehung steht sie zu den Chakrabortys?"

Nirban Chakraborty, der Sohn von Brahmabandhu Chakraborty, ist mein Schwiegersohn. Er hat meine Tochter Draupadi geheiratet.

"Und das ist ordnungsgemäß beim Gericht registriert -? Der Offizier hatte seltsame Augen. Aha! Sie haben sich beschwert, dass du ihren Sohn dazu gelockt hast, deine Tochter zu umwerben, und ihn dann gezwungen hast, sie zu heiraten?" Er warf ihm einen warnenden Blick zu.

"Sein Sohn kam, um meine Tochter um die Hände zu bitten, nicht meine Tochter, die nach ihm verlangte."

"Was? Der Sohn des berühmten Chakraborty, ein hochgebildeter Kerl, bettelte um die Hände einer Friseurstochter? Das ist so etwas wie eine ausgefallene Geschichte, die du dir ausgedacht hast. Eine Friseurstochter mit einem Chakraborty Brahman? Kennen Sie die Bedeutung von Chakraborty - dem König aller umliegenden Brahmanen? Ich selbst bin ein Chakraborty, höheren Ursprungs. Soll ich einen Heiratsantrag mit einem Friseur machen? Bist du in deinen Sinnen?"

"Ich bin in meinen Sinnen. Meine Tochter wurde von keinem Geringeren als ihrem Mann in das Haus ihres Schwiegervaters gebracht. Sie ist schon da. Ihr Leben ist in Gefahr. Sie können sie foltern; sogar verschwören, sie zu töten."

"Stopp! Das ist alles deine Verschwörung. Du bist gierig - einen Brahmanen-Schwiegersohn zu haben. Hey, hör zu, es gibt einen Unterschied zwischen einem Barbier und einem Brahmanen. Das kann nicht lange dauern. Gehen Sie und bitten Sie Ihre Tochter, ein Scheidungspapier zu unterschreiben, wenn Sie sie aus einer komplizierten Situation befreien wollen. Wir sind nicht bereit, das Feuer zu löschen, das nicht nur ein Dorf, sondern mehrere andere verschlingen wird. Es wird einen Gemeinschaftskrieg geben. Wer wird sie anfechten? Wir haben nicht genug Kraft, um die Rebellion zu unterdrücken."

"Sir, bitte, Sir!"

"Ich werde deine TANNE nicht unterbringen lassen. Sei einfach weg."

Der arme Vater und seine Kameraden bereiten sich darauf vor, zu gehen, als ein Polizist dem Offizier ins Ohr flüstert.

"Sir, es muss einen Veteranen hinter ihrem Anspruch geben. Möglicherweise werden sie die Fir per Einschreiben an den Polizeipräsidenten senden. Ich schlage vor, die Fir zu nehmen, sie in Ihrem Buch einzutragen, aber den Namen des angeblichen Angeklagten leer zu lassen. Ich engagiere diese Leute in meinem sympathischen Umgang. In der Zwischenzeit bewahren Sie es von ihnen unterzeichnet auf. Der Name von B.B. Chakraborty kann mit einer Chemikalie, die wir haben, ausgelöscht werden."

"Richtig. Die Schlange wird sterben, aber der Stock, ungebrochen!"

Der Offizier lässt das Fir einreichen.

Der Polizist beschäftigt sich selbst damit, über die Angst des armen Vaters zu sprechen. Er sagt zu ihnen: „Seid ruhig, heute nehmen diese kastenübergreifenden Ehen sprunghaft zu. Das Gesicht des Gesetzes ist für die unteren Kasten und sozial Ausgestoßenen strenger geworden. In frühen Tagen konnten sie nicht in Städten oder Dörfern leben, sie mussten außerhalb der Städte und Dörfer leben. Aber jetzt gehören sie in ihren Bürgerrechten zur Gesellschaft. Entspannen Sie sich, alles wird geklärt sein. Wir sind für dich da."

Einige Tage später wurde ein neueres Drama auf der unruhigen Bühne des Dorfes aufgeführt.

Draupadis Sorgen waren im Begriff zu trocknen. Sie hatte verzweifelt versucht, ihre Schwiegermutter zu beschwichtigen. Obwohl die Schwägerin ein grausames Gesicht zu zeigen hatte, hörte Draupadi sie unter den Verwandten sagen:

"Niemand kann ändern, was die Götter für uns sanktioniert haben. Ich gebe zu, dass das Mädchen aus einer niedrigen Kaste stammt, aber gleichzeitig gestehe ich, dass niemand glauben kann, dass sie aus einer Friseurfamilie stammt. Sie kann mit den Töchtern von Barnahindu-Brahmanenfamilien konkurrieren. Der Mond mag einen Makel haben, aber das hat sie nicht. So schön wie die Sahibs (die aus Europa stammen) ist das Gesicht wirklich schön, mit hinreißend attraktiven

Händen gerade, mit ocraähnlichen Fingern und einer schlanken Taille - Oberschenkel wie der Oberschenkel der Göttin Lakshmi..."

Ihre Beschreibung wurde gekürzt. Der immer noch ängstliche Chakraborty kam mit einigen unbekannten, zerlumpten Gesichtern und ging in das Arbeitszimmer. Die Türen schlossen sich.

Binodini, die Mutter spürte Gefahr.

Sie sagte zu ihren Zuhörern: Packt ein. Wir reden später.

Die Nacht ist kühl, in diesem fernen Land. Draupadi wundert sich wie eine Fee. Sie strahlt Duft aus wie ein Baum - in Blumen.

Sie hat jetzt etwas Zeit, um zu ihrem kleinen strohgedeckten Haus zurückzufliegen. Der Arjun-Baum (Terminalia Arjuna) verzweigt sich, um mit ihr zu sprechen: "Draupadi, wie geht es dir?"

Sie streichelt den Ast und flüstert: „Mir geht es gut. Mach dir keine Sorgen."

Ein blickender Mond wiegt sich durch die Bambus-Cluster, "mein moony Mädchen, siehst du schöner aus als zuvor, schätze ich?"

Draupadi scheut. Ihre Wangen werden glänzender als zuvor.

"Ehemann liebt wie ein Ozean, schätze ich?"

Draupadi scheut sich noch einmal. "Er ist ein liebender Kerl."

Der Himmel schleicht sich herunter und fragt: "Hey, Draupadi, hast du die Träume vergessen, die du für einen Flug zu den Sternen hattest? Nein, nein. Ich werde kurz danach meine Flügel entfalten."

"Bist du wach?" Nirban gibt ihr einen weichen Ruck.

"Ja, du?"

(Schweigen für einen Moment)

"Wir stehen vor einem Sturm, nicht wahr?"

"Es wird cool, wenn du bei mir bist."

„Manchmal verschlimmert sich die Situation so sehr, dass sie sich der individuellen Fähigkeit widersetzt, sie zur Ruhe zu bringen. Ich weiß, du suhlst dich in einem Meer der Trauer."

"Bist du erschöpft, Nibu? Versuchen Sie, gesund zu schlafen. Sie zieht sich auf den Nirban, legt ihre fruchtbaren Brüste auf seine Brust und küsst ihn auf die Stirn. Nirban legt ihre Hände um ihre Taille, verhaftet sie vollständig und küsst sie dann langsam weiter, gießt das Feuer, das er hat, wie in Raten.

"Verärgert über mein Verhalten?"

"Überhaupt nicht."

„Sie werden einen längeren Krieg führen, Nibu. Ich bin nicht so gebildet wie Sie, aber ich kann verstehen, dass uralte kulturelle Stigmata nicht so leicht beseitigt werden können." Sie fährt mit den Fingern über Nirban. Nirban lächelt, in der Dunkelheit; er sieht ... Draupadi flattert in einer dunklen Dunkelheit hervor, Draupadi wedelt als Glühwürmchen mit dem Schwanz.

Ein anderes Drama in einem Haushalt des Dorfes Harishchandrapur.

Die Bhattacharyas hier sind sehr einflussreich im Dorf. Eine jahrhundertealte Ehre, ein riesiger Landbesitz und ein riesiger Reichtum, der von einem Düngemittelunternehmen erworben wurde, haben sie zu einem mächtigen Block gemacht. Der ältere Sohn der Familie Bhattacharya, Shambhunath, ist Professor für Geschichte an einem nahe gelegenen College.

Shambhunath streitet jetzt wütend mit seiner Frau Parbati, die zufällig die Tochter von Nirbans Vater, Krishnakishore Chakraborty, dem aufgeregten Brahmanen, ist. Dass Nirban ein abscheuliches Verbrechen begangen hat - das Verbrechen, ein Friseurmädchen zu heiraten - ist offensichtlich ein Hindernis für ihre hierarchische Position.

Shambhunaths Gesicht zeigt einen feurigen Ausruf von Zorn und Verachtung. Er spuckt seine Wut frei aus. Seine Frau Parbati wurde von ihm gezwungen, mit gesenktem Kopf auf dem Hof zu stehen. An anderen Tagen trug sie ihre Kopfbedeckung, ihre Stimme war so leise wie die eines kleinen Vogels - sie war so kühl wie eine Gurke. Sie würde niemals ihr volles Gesicht vor den Ältesten zeigen. Dies war üblich, ein Zeichen des Respekts vor den Ältesten. Aber heute ist ihr die Kopfbedeckung abgefallen, ihr die Schultern heruntergefallen, ihr bunter Sari hier und da geschrumpft, um eine Masse Stoff zu sein, einst reich und glänzend. Sie steht da, ihre Beinahe-Kreuzigung geht weiter, Augen so leer wie der Raum.

Sie ist jetzt beschämend arm - arm für die unmoralische Tat, die ihr Bruder begangen hat.

Sie wirft ihren Blick auf die Erde, wie ein Gleiter.

Shambhu, ihr Mann, versucht, sie mit seinen besten ausgewählten Gibes zu beißen.

"Wir sind froh zu wissen, dass wir einen Verwandten von uns bei der Familie eines Friseurs entdeckt haben."

Sharp kommt Parbatis Repy.

"Warum schlägst du mich für eine Tat meines Bruders?"

"Ja, dein Bruder hat der Familie meines Schwiegervaters Ruhm gebracht!"

"Also willst du nicht jedem in der Familie die Schuld geben?"

"Wurzel, Ma'am. Wenn die Wurzel rot ist, was ist dann mit unserer Beziehung?"

Parbatis Schwiegervater erscheint mit seiner scharfkantigen Zunge.

„Unsere Bouma ist bekannt für ihre Coolness, Höflichkeit und Manieren. Wie kommt es, dass sie jetzt eine empörende Tat vokal verteidigt? Weiß sie nicht, dass unsere Familie von dem großen Rishi abstammt, Atri?"

Shambhunath fügt prompt hinzu: Papa, jetzt wurde sie in den Rang eines "Barbiers-Chakraborty" befördert, einer neuen Kaste hoher Herkunft."

Parbotis scharfe Erwiderung: "Ist es nicht überraschend, dass ein Professor, der Geschichte lehrt, so unhistorisch ist?"

"Wie kannst du es wagen!"

"Mein lieber Ehemann, erkenne dich selbst. Ein schlechtes Wissen über einen Professor führt zu einer schlechten Generation von Wissenssuchenden. Ich wage es, weil ich das Gefühl hatte, dass es eine Grenze für die Unterdrückung von Frauen geben sollte. "

"Dad, sieh mal, was sie ist! Sie hatte im Winter nur als Schlange geschlafen. Ihr alle hattet gelobt, dass sie so zart, so biegsam und so respektvoll war! Sieh dir das Zeichen des Respekts an!"

"Respekt? Haben Sie und Ihre Familie mir Respekt gezollt? Ich hatte eine Saga der Verdrängung von Männern gehabt. Ich habe meinen Mund nicht geöffnet. Als solche war ich eine gute Schwiegertochter. Ich wurde von deinem Zoll angekettet. Die Menge an Do's und Don 'ts hat mich praktisch verrückt gemacht. Lass die Katze nicht aus dem Sack."

Shambhus Gesicht war rau wie ein Stein.

Er rief: „Stopp! Frauen sollten nur eine Zunge haben. Eine Zunge reicht für eine Frau. Verstehst du?"

„Sehr geehrter Professor, das Zeitalter des 'sutee' ist vorbei. Du kannst mich nicht ins Mittelalter zurückdrängen."

"Ha! Möchtest du ein "Charbaka" sein?

"Ich wünschte, ich wollte."

"Du - der Atheist, der sich in meiner Familie versteckt?"

"Was ist falsch daran, ein Atheist zu sein? Das ist auch ein Glaube. Ich denke, die Charbakas waren echte Revolutionäre, um die Leere der sogenannten Brahmanen aufzudecken."

"Shambhus Vater hatte eine zarte Verachtung, "wir hätten diese giftige Schlange entdecken sollen."

„Shambhu, blind vor Wut, löste eine Explosion aus. Wir wissen, wie man das Gift aus ihrem Fangzahn zieht."

Parbati, cool mit einer unglaublichen Ironie, fragte: "Hast du es getan, als deine eigene Schwester mit ihrem Verlobten, einer aus einer" niedrigeren Kaste ", durchgebrannt ist?" Ja, der einzige Heroismus, den du gezeigt hast, war, den Jungen zu überwältigen, deine Schwester aus seinen "Fängen" zu reißen und sie dann gewaltsam mit einem Brahmanenjungen zu verheiraten. Aber können Sie sagen, dass sie jetzt glücklich ist? Lieber Brahman, du kannst eine Frau nicht zwingen, eine "Anwärterin" auf dem Scheiterhaufen ihres Mannes zu sein. Spuck nicht, denn der Auswurf kann auf deine eigenen Schultern fallen."

Die Schwiegereltern waren wütend, aber ihre Reaktion ging nicht über ihren Hof hinaus auf die Straße. Je mehr sie beschuldigt werden, desto mehr kann die Möglichkeit bestehen, dass der Deckel ihrer Familie geöffnet wird.

Aber Shambhus Wut machte ihn zu einem Dämon. Er ergriff sofort Parbatis Hände, schleppte sie zum Eingang und zum Haupttor ihres Hauses, wo sich bereits eine neugierige, skandalliebende Menschenmenge versammelt hatte, um sie auf die Straße zu drängen, doch er musste anhalten. Seine Eltern intervenierten. Sie schlossen das Haupttor und Shambhu schleppte sie feuerrot nach Hause, um sie auf ihr Bett zu werfen. Parbati rettete sich vor einem Sturz und sagte leise: „Einmal hatte ich einen Lehrer, der mich durch seine Lehre und eine charmante Persönlichkeit beeindruckte. Ich respektierte einen Lehrer, der brillant und aufgeschlossen war, ich respektierte einen Lehrer, dessen brillante Lehre Indiens Vergangenheit glorreich zum Leben erweckte; ich respektierte einen Lehrer, der über den Ruhm der Assimilation verschiedener religiöser Glaubensrichtungen in den letzten Jahrhunderten sprach; ich fing an, einen Lehrer zu lieben, der gegen die böse Praxis des "sutee" und andere Demütigungen der Frauen explodierte; ich liebte und heiratete mein "Ideal", wusste aber nicht, eines Tages würde ich von ihm vertrieben werden."

„Okay! Es ist gut, dass ich raus bin."

Ich schäme mich, ich hatte eine unkritische Liebe. Ich schäme mich, dass ich meine Liebe und meinen Respekt für einen falschen Mann gespeichert habe. Ich schäme mich, ich habe ein Leben von einigen Monaten mit einem falschen Mann geführt."

Du wolltest mich also vertreiben, nicht wahr? OK. Heute lasse ich meine eigene außen vor. Öffne das Tor und lass mich raus. Die Menge hat sich zerstreut. Du brauchst dir keine Sorgen zu machen."

"Sie ist dabei, zum Tor zu gehen, während Shambhu einen Felsen auf ihrem Weg erhebt.

"Nein, das kannst du nicht."

"Ich kann. Das ist mein Recht."

Dazwischen kommt der Schwiegervater.

"Was auch immer passiert ist, es ist spontan passiert. Sie müssen die Ehre und den Ruf dieser Familie im Auge behalten. Komm zurück, geh in dein Zimmer -

"Ich sagte, ich habe alle Illusionen verloren. Ich komme nicht zu einer Familie von Heuchlern zurück!" Antwortete Parboti.

Shambhu schlägt ihr auf die Wange.

Parbati, für einen Moment verwirrt, schreit :

"Pfui über dich! Ein Professor schlägt seine eigene Frau! Okay, ich rufe die Leute in meiner Nachbarschaft an und enthülle das? Werden sie dir Ehre erweisen?"

Shambhu schrie: „Geh und bitte um ihr Mitgefühl! Du wirst niemanden mitnehmen. "—

"Aber das Gesetz? Das Gericht? Wie wirst du davon befreit?"

Die Schwiegermutter schreit auf. Bitte ziehen Sie diese Familienangelegenheit nicht vor Gericht, bitte kommen Sie zurück1

Ich kann nicht zurückkommen. Meine Träume sind zerschmettert.

Shambhu stachelt sie immer noch an.

"Okay, sobald du ausgehst, gehst du für immer!"

"Ja, ausgehen ist keine Angelegenheit für Sie, Mr. Professor, alle Beziehungen zu knacken ist keine Angelegenheit für Sie, Mr. Male Chauvinist. Liebe, Zuneigung und Respekt spielen für Sie, Herr Brahman, keine Rolle - es geht nur um die Reinheit der Kaste! Sehr geehrter Professor, ich bin auch ein Doktorand; Ich habe studiert, um zu wissen, dass dieses Kastensystem, diese Spaltung von "Barnas" unsere Gesellschaft gespalten hat. Es gibt keine Wahrheit außer einem Bündel von Lügen, die du als Wahrheit erbst - du, die Brahmanen! Leider gehöre ich zu dieser Kaste! Ich werde dafür büßen müssen. Jetzt lass mich los! Ansonsten werde ich für Furore sorgen und allen erzählen, wie du mich gefoltert hast. Wir haben strenge Gesetze gegen Frauenfolter. Bitte, gehen Sie rein und lassen Sie mich raus!"

Als es Morgen war und sich das Wetter verbesserte, sah Gourharipur Dorf ein neues Dharma.

Nirban schlief noch.

Draupadi war gerade auf die Toilette gegangen, um zu baden.

Plötzlich gab es einen aufregenden Austausch von Worten, Fragmenten von Spaß und Spiel, Ziegeln und Slogans, kurz vor dem Chakraborty House.

Dann gab es einen lauten Knall an der Haustür. Ungewöhnlich am frühen Morgen.

Es ließ Nirban aufwachen und die Tür öffnen.

Die erste Frage, die die Menge stellte, war :

„Hey Nirban, wo ist dein Rasiermesser? (Es bedeutete eine ernste Demütigung für einen Brahmanen. Der Rasierer ist ein Kasten-Symbol der Friseure)

Nirban war schockiert, als er antwortete. "Machst du Witze?"

Kaum hatte er die Antwort bekommen, stürmte er eine weitere Frage :

"Wir sind acht Leute, die in einer Schlange stehen. Ich möchte mich rasieren. Wo ist dein Rasierer?"

Einige andere hätten fast einen Haarschnitt gemacht: Wir werden einen Haarschnitt haben. Wo ist dein Rasierer?

Plötzlich spaltete sich die Menge und machte Platz für zwei Personen, die riesige Behälter mit Rosgullas trugen (eine Lieblingssüße aus gekneteter Milch, die zu einem Teig mit Zucker gepresst wurde, der Prozess der Herstellung von Rosgulla erfordert eine komplizierte Kunst)

"Hallo. Nirban, du musst diese beiden zum Haus meiner Tochter in Ahmedpur tragen. Sie veranstalten eine Verkostungszeremonie für meine schwangere Tochter. Sie sind sehr wohlhabend, werden Sie mit guten Tipps zufrieden stellen. (Sie schlugen unter den Gürtel. Es ist auch sozial ein Dienst des Friseurs an den höheren Kasten)

Nirban stand wie ein Baum - kommentierte nie etwas.

Eine Dame kam. "Wo ist deine Mutter? Alle meine Familienmädchen warten darauf, ihre Füße und Finger mit <u>ALTA</u> zu färben (eine rot gefärbte, chemisch hergestellte Flüssigkeit, die die jungen und frisch verheirateten Frauen bei festlichen Anlässen nehmen, um ihre Füße zu färben. Der Akt des Färbens, der von einer Friseurin als traditioneller sozialer Dienst durchgeführt wird, obwohl er jetzt veraltet ist).

Jetzt wird Nirban, der wegen der Demütigung seiner Mutter niedergeschlagen ist, aufgeregt.

"Hört einfach zu, ihr alle, wenn ihr mich demütigen wollt, okay, macht weiter. Aber zeige niemals mit deinem hässlichen Finger auf meine Mutter. Sie hat nichts begangen, was zu einer Erosion zu Ehren dieser Familie führen könnte. Ich habe es geschafft. Ich bin der Sohn deines Dorfes. Ich habe geheiratet, ein sogenanntes Dorfmädchen aus niedriger Kaste. Ich bin dein Nachbar, du hast mich aufwachsen sehen, erzogen werden. Ich habe mich immer mit einheimischen Jungs als meinen Freunden und Brüdern vermischt. Respektiert alle. Ich habe nie jemanden für seine Zugehörigkeit zur niederen Kaste gedemütigt. Ich habe die Shastras (Schriften) studiert, in denen die Kastenabgrenzung diskutiert, kritisiert, analysiert und zu Debattenabschnitten gemacht wurde. Ich kann es dir zeigen - viele deiner Götter heirateten niedere Kasten, viele sehnten sich nach niederen Mädchen, viele brauchten niedere Mädchen, wie sie Gefährten in ihrer strengen Anbetung Gottes brauchten."

Er fuhr fort. „Was ist mit dem berühmten Weisen Bashistha und seiner Abstammung? Wie viele von Ihnen haben den Namen seines Enkels Parashar gelesen? Dieser Parashar ist der Vater des großen "Krishnadwaipayana Vedavyas"- des bekannten Teilers der Veden und Schriftstellers aller Puranas und des großen Epos, des Mahabharata. Wie wurde dieser Vedavyas geboren? Von wem? Dieser brahmanische Weise war in die Tochter eines Fischers 'Matsyagandha' verliebt und verlangte die Liebe einer Fischerin! Also, was ist mit deinem Brahmanismus? Was ist mit deinem Lord Sri Krishna? Wo hat er seine sechzehntausend und hundert Frauen gesammelt? Waren sie alle Brahmanen? Nein. Sie wurden nur von verschiedenen Clans gejagt. Nein, es waren nicht seine Frauen. Sie wurden aus verschiedenen Provinzen entführt. Glaubst du, ich lüge? Lies die 'Bishnupurana'."

Die Menge wurde ruhig. Die Brahmanen, die sich versammelten, verließen den Ort besiegt, aber ihr Zorn wurde nicht gebändigt. Andere jubelnde Menschen, die die heiligen Schriften nicht kannten, wollten immer noch die rohe Freude an Aufregung und

Gruppenhänseleien teilen, ließen plappern - „wozu sind wir hierher gekommen? Lass die Schlacht die einzige Angelegenheit des Brahmanen sein. Warum sollten wir dazwischen stehen? Wir dürfen nicht das Knochenstück in einem glatten Kebab sein." Die Menge wurde dünner.

Draupadi stand stumm. Sie hatte in diesem Drama keine Rolle zu spielen.

Es folgte eine Reihe von Weinen. Weinen in gereimten Paaren, wie üblich in der Tradition des Dorfes.

Es kam von Nirbans Mutter.

Sie weinte unaufhörlich.

"Oh! Was für ein 'rakshashi' (ein weiblicher Dämon) ist in meine Familie eingedrungen, Oh, Herr! Unsere Ehre verschwand, unser Ruf nahm ab, unser Herd und Haus waren ein Krematorium, und dies ist ein Geschenk meines einzigen Sohnes, den wir aufgezogen, gefüttert und zum Gelehrten gemacht haben. Ein Geschenk eines Gelehrten! Oh Gott, warum leben wir immer noch unter dem Himmel? Wir hätten Gift schlucken und sterben sollen."

Nirban war so cool wie alles andere. Sagte er, mit einem Ton, düster und autoritativ zuversichtlich.

„Vielmehr hättest du mir ein paar Tropfen Gift in die Lippen geben können - das hätte dich vor allen Schwierigkeiten retten können. Das ist das Geschenk eines Nicht-Brahmanen!"

„Nibu! Das ist eine Grausamkeit, die du deinen Eltern gezeigt hast."?
"Du bist ein undankbarer Sohn. Du bist kein Mensch. Das von uns gelehrte Gayatri-Mantra hat keine Bedeutung. Dein heiliger Faden wurde durch die Berührung eines niedrigkastigen Mädchens entweiht. Du hast uns verunglimpft. Dieser unmoralische Akt von dir hat nicht nur in unserem Dorf, sondern auch in den angrenzenden Dörfern einen Aufruhr erlebt. Der wöchentliche Haat (Markt), der Basar - überall sind die Menschen fröhlich geworden, Klatsch und Tratsch fliegen schneller als der Wind."

"Hab Geduld, Maa. Ich verstehe, ich bin der einzige Täter von all dem. Es gibt ein Sprichwort: „Ein leerer Kuhstall ist besser als einer, in dem eine schurkische Kuh aufgezogen wird. Lass mich meinen eigenen

Weg gehen, damit du in Frieden leben kannst. Ich sehne mich nicht nach Ihrem Reichtum, Ihren Ornamenten, Ihrem Grundbesitz und Ihrer Kundschaft von Yajmans (für die der Brahmane Puja anbieten, Rituale und Yagnas (Feueranbetung) arrangieren und ein ansehnliches Geld verdienen muss). Ich erkläre, ich bin nicht so brahmanisch, dass ich andere Kasten hasse. Ich denke, wir haben das gleiche Blut, die gleichen körperlichen Merkmale, die gleichen Gefühle und die gleiche Lebenserwartung. Wir essen, schlafen, haben Ablenkungen, gehen auf der Straße spazieren, nehmen an Feierlichkeiten teil, interagieren sozial mit unseren Verwandten auf die gleiche Weise. Es ist sicher, dass andere niedere Kasten keine Nahrung zu sich nehmen, wie die Tiere auf den Wiesen, vielleicht sind sie nicht reich genug, um teure Kleider zu tragen, Parfüms zu verwenden, für Luxus auszugeben, Desinfektionsmittel zu kaufen, um die Sauberkeit wie die Höheren oder Brahmanen zu erhalten. Du hast deinen heiligen Faden, deine "Ghanta" oder Glocke und deine tödliche Waffe, das Mantra, die Schriften, mit mysteriösen Geschichten von Himmel und Hölle, die von dir zusammengebraut wurden. Sie haben ihre eigenen Verdienstmöglichkeiten - die Wege, die ihnen von dir mit Nachdruck aufgezwungen wurden. Sie sind auch Mitbeteiligte deines Handbuchs der Rituale, weil du ihnen all diesen Müll aufgezwungen hast."

Seine Stimme wurde dicker.

"Von heute an verlasse ich also mein 'brahmanatwa' (Brahmanismus) und werde nur noch ein Mensch - ein Nachkomme des Homo Sapiens." (Die Mutter heult fast bei dieser Tat. Der Vater schreit)

Hierin behalte ich den heiligen Faden unter deiner schützenden Obhut. Nimm, was du mir einmal am Tag des Upanayan oder beim Tragen des heiligen Fadens gegeben hast.

"H!h, hör zu, Oh, die Götter, verstehst du nicht, was für ein Sakrileg das ist?" Sie stolziert zurück in ihre Küche.

Draupadi, die betäubt dastand, öffnete nun den Mund:

"Nibu, ich sollte besser gehen."

"Draupadi, bitte sprich nicht so einen Müll aus."

Das ist kein Müll-Nibu. Ich bin in deiner Familie zu einem unheiligen Mannekin geworden. "Für mich ist dein Haus auch zur Hölle geworden. Für mich sind alle heiligen Dinge in deiner Familie entweiht. Für mich hat das Böse oder "Amangal" seine Reißzähne auf deine Familie ausgebreitet."

"In meiner wildesten Phantasie kann ich nicht an solche ungerechten Verunglimpfungen von dir glauben", wimmerte Nirban.

"Ich weiß, diese Hexe hat mein einziges Kind besessen. Er würde sie nicht gehen lassen."

Nirban wurde wütend. "Maa, bitte mach deine Zunge nicht schmutzig! Sie werden von nun an keine Probleme mehr haben. Nur diese Nacht. Diese letzte Nacht! Ich werde allen Dreck mitnehmen. Ab morgen, wenn du Draupadi siehst, wirfst du einen Fluch auf sie."

Heute Abend wehte der Südwind sanft. Worte der Trauer schlichen sich in den winzigen Raum, den Draupadi sich gerade hingelegt hatte. Die Bambussträucher, die Mango-, Marmeladen-, Jackfruits-, Arjuna-, Shirish- und Neem-Bäume bückten sich, um zuzuhören, was sich in Draupadis Kopf zusammenbraute. Heute Abend hatte Draupadi keine Worte, keine Reime, keine paar Vaishnabiten-Liebeslieder, so lieb, dass sie vorher singen konnte. Auf Zehenspitzen kam Dunkelheit auf. Das Gesicht ihrer unglücklichen Mutter zoomte herein :

"Mama, bist du glücklich?"

"Ja, Ma, das bin ich."

Das besorgte Gesicht seines Vaters war groß:

"Ma, (meine Tochter) haben sie dich gestochen, gehänselt, verspottet, gequält?"

"Kein Papa. Sie sind echte Brahmanen, wie die Götter."

Es gibt ein Gerücht, das in der Luft schwebt - sie haben dir nicht erlaubt, den Salon, das Wohnzimmer und die Küche zu betreten?"

"Nein Papa, mir geht es gut. Ich schlafe in meinem Schlafzimmer - geräumig, gut eingerichtet."

"Wie geht es meinem Damad? (Schwiegersohn)"

"Nun, gut. Er ist wirklich ein idealer Mensch. Ein tapferes Herz, ein Mann der Bildung."

"Schlaf, Ma. Ich hoffe, du passt dich ihnen an und assimilierst dich mit ihnen. Ich hoffe, du gewinnst ihr Lächeln."

Am nächsten Morgen, als Nirban sich auf die Abreise vorbereitete, eilte seine Mutter zu ihm.

"Khoka! (Mein lieber Sohn) lass diese älteren Leute nicht im Stich."

"Seltsam", antwortete Nirban, "mich dazu inspirieren zu gehen und mich gleichzeitig daran zu hindern?"

"Khoka, du bist der Bettlakenanker meiner Familie."

"Falsch, Maa. Sie haben Geld, Einfluss und Kastenhierarchie. Ich bin eine Nicht-Entität. Gleichzeitig ein Nicht-Brahmane. Ich habe die heilige Hymne, das "Gayatrimantra", entweiht."

"Puttar (mein Sohn), was ich gesagt habe, sagte ich im Zorn."

"Was du gesagt hast, ist wahr, Maa. Um deinen Worten treu zu bleiben, muss ich gehen."

"Puttar, mach keine Worte mit deiner eigenen Mutter. Sie hatte dich aufgezogen, dich zu dem gemacht, was du heute bist."

"Gib es zu, Maa. Das ist das Naturgesetz. Sagen Sie mir jetzt, wie kann ich das kompensieren? Obwohl, ich weiß, Schulden bei den Eltern können nicht kompensiert werden...?"

„Nirbans Vater, der unbedingt teilnehmen wollte, sagte:„Ich bin ein kranker Mann. Wenn du uns verlässt, wird es niemanden geben, der sich um dieses Duo kümmert."

"Warum Papa, da werden deine politischen Freunde, Bürokraten, Minister und Brahmanen-Nachbarn sein, deine eigenen Leute!"

"Du schlägst mich unter dem Gürtel. Babu, Argumente können kein Problem lösen. Patientenanpassung kann gelöst werden."

„Eine Erkenntnis zu spät. Ein Brahmane hatte ihm immer andere unterworfen. Er war immer der Weiseste gewesen, nachdem er das gesamte Wissen über das Universum unter Verschluss gehalten hatte."

"Streite nicht mit deinen Vorgesetzten."

"Weil du mit deinen Argumenten unsicher bist. Das ist das Geheimnis. Dies ist das Geheimnis, das Rishi 'Yagnabalkya' (ein alter Rishi, der ein umfangreiches Wissen hat, wie in den Shastras erzählt) dazu zwang, Gargi, den großen Gelehrten, davon abzuhalten, weitere Fragen zu stellen. Er drohte Gargi: "Wenn du weitergehst, wird der Himmel auf dich fallen."

"Khoka, sei nicht so unverschämt, deinen Vater auf diese Weise zu kreuzen. Bitte sei mit uns, lebe mit uns in Frieden. Geh nicht, ich flehe dich an...?"

"Okay. Ich werde nicht gehen, wenn du Draupadi als deine Schwiegertochter akzeptierst."

"Das kann nie sein - solange ich in dieser Welt lebe", schwor Nirbans Vater.

"Hör zu, ich kann nie dein Sohn sein, solange ich lebe...!"

Draupadi griff ein.

"Nibu, du kannst es sein - wenn ich nur aufhöre, deine Frau zu sein, nicht wahr?"

"Draupadi!"

"Es steht dir frei, dich scheiden zu lassen."

"Draupadi, setze mich nicht unter Druck, eine Niederlage einzugestehen. Meiner ist kein Kampf, sondern ein Krieg - um die Ehre der Menschheit zu sichern. Hindere mich nicht daran, die Wette des Kampfes anzunehmen."

"Nirbans Vater rief mit lauter Stimme:"Hah! Seht, ihr Götter, wie undankbar ein Sohn sein kann! Und du, seine Mutter, kannst du nicht sehen, was für einen Dämon du in deinem Bauch getragen hast? Dieser wenig lernende moderne junge Mann weiß es nicht."

...sasarja brahmanagre sristyadyou sa chaturmukha,
sarbe barna prithak pashat teshang bangsheshu janjrite...

Am Anfang gab es nur eine "varna" (auf Religion basierende Kastenteilung, die "Farbe", das Zeichen der Größe, hervorhebt), nämlich Brahmana. Nach dem Brahmanen entstanden die anderen Kasten."

"Nach welcher Superstruktur, Dad? Ihre Geeta sagt, von Beruf und Beruf, nicht wahr? Dad, die Tage der Missverständnisse sind vorbei oder werden verschwinden."

„Noch einmal, ich wiederhole, was Rishi Bharadwaja sagte, Er fragte Bhrigu nach der physischen Farbe des Brahmanen. Er antwortete:

Brahmananag sito varna, kshatriyanangtu lohita,

Vaishyanang pitako varna, Shudranamastitasthata..."

"Du hast Narr gelernt, da ist die klare Erwähnung - die Brahmanen haben helle Haut, die Kshastriyas, bräunlich, die Vaishyas gelb und alle Shudras haben schwarze Haut."

"Ja, ich bin ein Narr. Aber wie kommt es, dass Draupadi als Mädchen mit der schönsten Haut hier, überall um dich herum, vor dir steht? Was ist mit deiner Antwort, wenn ich die gleiche Bharadwaja zitiere?"

„*kaamakrodha bhayanglobha shokachinta kshudhashrama*

sarbeshang no prabhabati kashmatvarno bibhidyate."

Was hatte er schließlich gesagt?

"Wir alle haben, unabhängig von Varna, den körperlichen Drang nach Sex, Wut, Angst, Gier, Trauer, Angst, Hunger und Arbeit zu leben. Wir stehen unter ihrem Einfluss. Dann, wie die Brahmanen behaupten - sie sind die größten aller Varnas - wie sie behaupten, sie seien getrennte und heilige Menschen, die von Gott auserwählt sind?"

Sein Vater blieb stumm und besiegt.

In seinem gemütlichen kleinen Zuhause, Kishorimohan, hatte Draupadis Vater unter einem tiefen Gefühl der Angst gelitten. Erniedrigung schluckte er schwer. Frustriert rezitierte er gerade, was er von seinem Vater gelernt hatte?

„Hier verbeuge ich mich vor dir, Lord Ganapati

Hier liege ich niedergeschlagen und berühre deine Füße

Jeder kennt mich, ein Friseur, entfessle ich

Kühe von ihren Saiten, sie haben eine gebundene Passform.

Hier kommt Lord Shiva, seine Ohren hell erleuchtet

Sein Kopf blühte von Dhutura, schön gestrickt
Seht, wie der Herr auf einem stürzenden Stier reitet
der Blumenhalo rund um den Kopf passt.
Er geht auf das Haus Giriraj zu
Wessen Heiterkeit, schüttelt das Tor, des Bananenumfangs
Lo! Dort steigt Ma Shibani aus, ihre riesige Strähne
Diese Friseurin eilt mit frischer Girlande zu ihr
Er bietet seine Pranams Shiva, Seiner göttlichen Gnade, an.
Schau, der Herr wirbt um die Jungfrauen, um zu beeindrucken
Der Himmel steigt auf den überdachten Platz des Bräutigams herab
Harfen auf der Freudenschnur, der Friseur, sein malerisches Kleid
Zaubert die Schar der Damen 'ulluing'*, stolz
Der Friseur tollt herum: „Hari, Hari", singt laut
Mein Gebet an den Bräutigam, den Gott und die gottesfürchtige Menge
Wer auch immer Sie sind - Ihre Majestät - hören Sie zu
Befülle meine Tasche mit Gold, Silber und Geschenken, grün
Nimm deine Braut mit nach Hause, breit sei dein Grinsen!
Draupadi war schläfrig. Sie hört jetzt zu, wie sein Vater die obigen Zeilen rezitiert. Sie wird in ihre Kindheitstage versetzt.
Sie liegt auf dem Schoß ihres Vaters und hört eifrig zu.
"Also, Papa, was ist dann passiert?"
"Lord Shiva brachte Parbati zu seinem Haus."
"Wo wohnt Lord Shiva?"
"Am Kailash Parbat" (Berg Kailash, jetzt am Tibbat)
"Wo ist es?"
"Es ist weit weg. Du musst wie ein Vogel fliegen und dann runterfallen."
"Warum heiraten die Götter?"

"Sie müssen. Um ihre Abstammung aktiv zu halten."

"Was ist eine Abstammung, Papa?"

"Die Abstammung ist eine Fortsetzung der Familie, ich, mein Sohn oder meine Tochter - er/sie - ihr Sohn oder ihre Tochter - die Nachkommenschaft geht weiter."

"Ich werde nicht heiraten, Papa."

"Warum, meine süße süße Mumie?"

"Dann muss ich dich verlassen."

"Man muss, Ma-"

"Nein, nein. Das werde ich nicht."

"Das ist das Naturgesetz, mein Vogel!"

"Nein, nein. Ich werde immer bei dir sein."

"Baby, du musst einen Jungen heiraten, wenn du groß bist. Du wirst deinen neuen Vater und deine neue Mutter haben- du wirst deine neuen Beziehungen haben. Deine neue Mutter - deine Schwiegermutter wird dich als ihre eigene Tochter lieben..."

"Nein, nein. Sie wird mich nie lieben. Ich habe gesehen, wie mein Schulkamerad geheiratet hat. Ihre Schwiegermutter liebt sie nicht; sie quält stattdessen Tag und Nacht."

"Alle sind nicht gleich, Baby."

"Das sind alle. Ich glaube nicht, dass sie es nicht sind. Sie sind grausam. Sie werden mich schlagen, mich demütigen, mir kein Essen geben, mich als unantastbar behandeln!"

Draupadi hatte schreckliche Angst im Halbschlaf und Halbwachsein. Sie träumte, sie sei an einem abgelegenen Ort zurückgelassen worden. Kein Lebensraum, keine Bäume, keine Vögel, auch keine Flüsse in der Nähe. Sie konnte sich nicht sicher sein, ob es ein Landstrich ist, der sich kilometerweit ausdehnt, oder ein Grasland oder ein Sumpf. Sie hatte das Gefühl, in einer Leere zu schweben. Sie wurde von einem heftigen Wind für eine lange, nie zu zählende Zeiteinheit fortgetragen. Was war Zeit für sie? Eine nie endende Reise in ein nie endendes Land? Wohin könnte sie aus einer solchen Höhe fallen gelassen werden? Wohin soll man fallen?

Sie schwitzte stark. Ihr Körper schmerzte. Sie wackelte mit dem Kopf herum und dann brach sie plötzlich weinend aus. Aber es gab niemanden, der auf ihre Tränen reagierte. Draupadi hatte das Gefühl, dass niemand neben ihr war.

Nirban, ihr Mann, erwachte plötzlich. Erschöpft von hitzigen Debatten mit seinen Eltern schlief er ein, doch während seine Finger ein wässriges Gefühl verspürten, war er gezwungen, wach zu sein.

Er sah Draupadi schrumpfen, ihr Körper schlängelte sich vor Schmerzen.

Er jammerte laut: Hey! Draupadi, wach auf. Was schmerzt dich?

"Ich bin bei dir, sei mutig, wache auf!"

Nach langem Überreden oder Drücken öffnete Draupadi ihre Augen. Aber sie sah leer aus.

"Ich bin, Nibu, dein Ehemann!" Sieh mich an! Ich bin's, Nirban.

Draupadi konnte ihn nicht erkennen. Ihre Augen versuchten, etwas in seinen Augen zu lesen, scheiterten aber.

Nirban heulte fast: Draupadii-i--?

Draupadi stand mit einem Ruck auf. "Wo bin ich? Welche der drei Welten hat mich gefangen genommen? Welcher von ihnen treibt mich ins Nirgendwo - in die grenzenlose Kluft?

Nirban : „Fühl mich, du bist auf dieser Erde, du hast die Wärme eines Menschen - eine Frau, mit mir verheiratet, ein junger, energischer, rücksichtsvoller, robust lebender Mensch! Hier hält er, dein Nibu, deine Hände unter dem Himmel!"

"Halte mich fest. Ich fürchte, ich werde hinfallen und kaputt sein. Dein Vater tadelte mich und sagte: "Du bist ein Friseur, ein "*Dalit*", der unter den Füßen von Brahman zertrampelt wird. Du wurdest in Stücke geschnitten, warst ein Nichts - ein unterdrückter Ausgestoßener...ein schmutziger Friseur!"

"Sei cool, Draupadi. Kühlen Sie sich ab. Kühlen Sie sich ab, um die Wahrheit zu erfahren. Die Wahrheit ist: Die Brahmanen haben dich ausgetrickst, um dich niederzutrampeln. Sie machten die Upanishaden, um die Menschheit in Kasten und Sekten zu teilen. Sie haben die

"Chhandogya Upanishad" gemacht, die verkündet: Diejenigen, die die gemeinsten Pflichten in der Gesellschaft erfüllen, werden in der nächsten Geburtssequenz schlechter geboren. Sie sind geborene Hunde, Schweine oder die Chandals (rohe, brutale, unfreundliche Menschen, unrein und somit nicht berechtigt, die Städte, Ortschaften oder Siedlungen sogenannter Hochkasten zu betreten). Aber denken Sie klar, seltsam genug, diese Brahmanen genossen sexuelle Beziehungen mit den sogenannten Shudras oder Menschen mit geringer Herkunft! Diesmal war ihre Kastenreinheit nicht bedroht! Das Brahmanen-Mädchen mischte sich mit diesem Chandal...Junge und die Gewerkschaft gebar Kinder, die sie Chandals nannten! Die Kshatriya-Jungen genossen das Fleisch der "Vaishyas" (der Kaufmannsklasse), aber als das Thema geboren wurde, nannte ihn der Brahmane einen "Bagdi" und mied die Kinder, um wie Tiere am Rande der Städte zu leben. Du weißt nicht, welche Hölle diese Brahmanen für die sogenannten Chandals gegraben haben!

Draupadi konnte die Last eines solchen scholastischen Jargons nicht ertragen.

"Das '*Apastasya Dharamsutra*' (Die Rituale, die vom Weisen Apasta vorgeschrieben werden) sagt: Wenn du einen Chandal berührst, musst du sofort im Ganges baden, wenn du mit einem Chandal sprichst, musst du gleichzeitig dafür büßen, indem du mit einem Brahmanen sprichst, wenn du zufällig den Chandal ansiehst, musst du deine Augen beim Blick auf den Mond, die Sonne oder die Sterne desinfizieren. Ihr "Parashar Smriti" sagt : Wenn ein Chandal einen Brahmanen versehentlich berührt, während er isst, wird der Brarhman das Essen ablehnen und es in den Müll werfen. Wenn irgendein Brahman, das Wasser aus einem Brunnen trinkt, zufällig von einem Chandal berührt wird, dann muss der Brahman seine Mahlzeit ununterbrochen für 3 Tage essen, Gerste im Urin der Kühe zur Reinigung seines Selbst getränkt! Also ist jede Shudra praktisch ein Chandal und damit eine erklärte Unantastbarkeit!"

Draupadi drückte ihre Finger gegen seine Lippen. Sagte kühl: „Bitte kontrolliere deine Wut. Ich bin ein kleines gebildetes Mädchen. Bitte lade mir diese Wissenslast nicht auf den Kopf. Tu eine Sache, du lässt mich bei meinem Vater abladen."

Nirban sah leer aus, aber er stellte sich zusammen und sagte: "Ich brauche dich an meiner Seite in diesem Krieg gegen Kasteismus und Rassismus. Wenn du mich verlässt, würde meine Kraft abnehmen, Draupadi."

"Ich bin immer bei dir. Aber ich lebe hier wie eine tote Kuh. Ich verrotte. Niemand spricht mit mir, niemand lächelt mich an, niemand spricht mich mit dem lieben „Bouma" an - des Traums jeder Frau. Wie kann ich überleben? Kommst du besser und bleibst bei meinen Eltern? Ich weiß, dass du zögern wirst, bei einem Friseur zu übernachten."

"Bitte! Ein solches Einklemmen hilft nicht. Ich bin ein Mensch.

"Okay, ich werde. Aber ich weiß, dass meine Verwandten und sogenannten Gratulanten, das Brahman und die Kayastha-Kombination, es als Niederlage behandeln werden."

„Wenn wir uns an unsere Vorsätze halten, wie können die Leute es als Niederlage betrachten? Dies ist die ununterbrochene Kette einer universellen Liebe, die kraftvolle Vereinigung zweier Seelen - wie die Legende von Lord Krishna und seinem Liebesgott, dem großen Radhika. Konnten sie es kaputt machen?"

"Absolut richtig, Radhika."

"Aber wie wirst du dich mit deinem Radhika verbinden - wenn du bei einer Vielzahl von Menschen bleibst, die uns feindlich gesinnt sind? Wenn du ständig schlecht von mir hörst, wirst du eines Tages erschöpft sein, dein Geist ist weg, du wirst Wut in dir brauen, gegen dieses arme Mädchen. Nibu, darf ich dir rechtzeitig eine Frage stellen?"

"Oh, ja!"

"Kannst du eine separate Einrichtung für uns schaffen, um zu leben?"

"Das werde ich. Ich nehme mir ein wenig Zeit, um nach Kolkata, der Hauptstadt, zu gehen und einen Job zu suchen. In der Zwischenzeit werden meine Endergebnisse veröffentlicht. Ich bin zuversichtlich, dass ich einen guten Job und einen guten Aufenthalt getrennt bei Ihnen erledigen kann."

"Mein Arjuna!"

"Versuche, etwas zu schlafen."

Nirban fiel in einen Hundeschlaf.

Drraupadi versuchte, sich auf den Schlaf zu berufen, aber sie war aufgeregt und dachte an ein getrenntes Leben mit ihrer Liebe und Liebe allein.

Schlaf weg, das arme Mädchen war in wilde Träume getaucht. Sie sah, wie sie ein turbulentes Meer überquerte und die Hände seines Arjuna hielt. Aber er war ein Gott in einem fernen Land. Sie ist ein Brahmane, die höchste Barna (hoch in der sozialen Hierarchie, hoch und rein in der Geburt, sagen die Leute.) der vier Barnas. Aber Träume sind unschuldig. Sie wurde dabei gesehen, wie sie ihre Träume streichelte.

Auf der anderen Seite steht Arjuna, der Kriegerprinz, der vor ihm in Safran gekleidet erschien. Er war wütend, aber Wut war sein Schmuck.

Plötzlich sah sie, wie ihre Liebe einige Verse ausspracht, die ihr Gesicht beschämten. Die Worte waren so artikuliert, so leidenschaftlich und sinnlich, dass der achtzehnjährige Hirsch wütend wurde.

„*Netre kantha kapole cha*
Hridi Parshwadwayehpi cha
Gribayang Navideshe cha
Kami chumbati kaminin."

(Du sinnlicher Mann, komm,

Küsse das Auge deiner Frau

Hals, Wangen, Brüste

Beide Hüften

Dann wieder der Nacken

Und die süße Mulde des Nabels)

Und woher kommt es? Diese mondüberflutete Nacht? Draupadi befindet sich jetzt in einem Trauma. Sie befindet sich im Flussbett und der Fluss näherte sich ihr mit einer Bazra (großes Schiff, gut dekoriert und verziert für eine Nirgendwo-Land-Reise, genau wie ein Hausboot auf dem Fluss). Sie tritt in das Schiff. Gib dich den eifrigen Armen von Arjuna hin und sie schmilzt wie Blei!

„Prema snigdhang samalingaya shitkarang

Mukho chumbanam kanthashaktang punah

Kritwa garhalingamacharet."

(Halte die Frau fest in deinen Armen

Mit wahrer Liebe und dann

Umhülle sie und stöhne in einer engen Umarmung

Ihren Mund tief küssen

Treten Sie gnadenlos in sie ein)

Draupadi wurde mit einem Duft um sie herum wach. In ihrem kleinen Kabinenraum. Der Raum hallt mit dem leisen Murmeln eines Mannes mit seiner Flöte nach. Die Musik belebt ihre gerade beendete Performance auf der Bühne: bhabati *kamalanetra nasika kshudrarandhra/ abiralakuchajugma charukeshi krishanki/ mridubachan sushila, geeta-badyanurakta/ safalatanu, subesha, padmini padmagandha*

„Sie hat Seerosenaugen, eine dünne Nase

Ein Paar Brüste, eng und straff

Helles Haar, flexible Gliedmaßen

Honigstimme, fügsame Natur

Von Gesang und Musik liebt sie leidenschaftlich

Hier ist die Lotus-Frau

Ihr Körper ist Harmonie

Sie gießt den Lotusduft ein."

Es war ein Morgen der Traurigkeit. Die Luft war dick, schwer mit einer gedämpften Klage.

Heute Morgen las ich auch ein stilles Wehklagen einer anderen Frau, auf die Blätter von Bäumen geschrieben, über ihren so lang gehegten Haushalt, über ihr wunderschön eingerichtetes Schlafzimmer mit ihrem Mann, auf den schwebenden Papierstücken, als ob sie die ungeschriebenen Liebesbriefe enthielten. Liebe, unkritisch, rein und nicht durch Kasteismus verunreinigt. Sie wusste nicht, dass sie eher ein Brahmanenmädchen als eine Frau war.

Hier kommt sie, mit ihrem trüben, dumpfen Gefühl, das sich in der Sprache eines Schreis ausdrücken wird.

Sie ist Parbati, Nirbans "Didi" oder ältere Schwester.

Nirbanische Augen mit einer erstaunten Angst.

"Didi? Um diese frühen Stunden? Wie kommt es?"

"Aus dem Haus eines wahren Brahmanen vertrieben", sagte sie kühl.

Nirban   : Was?

Parbati   : Ja.

Nirban   : What's up, didi?

Parbati   :Sie haben ihre anklagenden Finger auf dich gerichtet. Dass Sie

        ein niederkastiges Mädchen geheiratet haben, dass Sie

        ein Sakrileg begangen, dass Sie die

        jahrhunderte altes Ideal des Brahminismus.

Nirban   : Oh Gott!

Parbati   : Mein Schatz, es gibt keinen Gott außer dem Brahman.

Nirban   : Soll ich meinen Kopf senken? Aber warum sollten Sie

        für meine Sünde?

Parbati   : Bhai (Bruder), es gibt keine Sünde in deiner Handlung. Sie haben

        das richtige Machbare getan haben. Warum sollten Sie sich verbeugen?

        Ich soll für die Sünde büßen, in einem Brahman geboren zu sein familie. Ich soll dafür büßen, dass ich einen fanatischen Brahmanen geheiratet habe.

Nirban : Wie können sie es wagen? In und um zwanzig Dörfer,

die Leute wissen, dass die Chakrabortys mehr verehrt werden als

die Bhattacharyas.

Parbati : Bruder, du wirst von der gleichen

mit dem du deinen Krieg erklärt hast.

Ihre Mutter kommt aus ihrem Haus und wächst in ihrem bekümmerten Zorn,

"Oh Herr, wie ernten wir die Ernte der Tollkühnheit unseres Sohnes!"

"Mama, er ist kein Narr. Er ist intellektuell und menschlich fortschrittlicher als wir."

"Hm! Wir werden einige Jahrhunderte zurück sein und er wird vorankommen1 Was für ein Glück wir haben!"

"Wahre Mutter. Du lebst im Mittelalter, dunkel, schattenhaft, grundlos und ungerecht. Es gibt keinen Schaden im Mittelalter, außer von denen gefangen zu sein, die am dunkelsten von allen abergläubischen Verwandten sind."

"Lass die Predigten beiseite. Was wirst du jetzt tun? Wer wird die Last deiner Schande tragen? Kennst du die Zukunft eines Brahmanen-Mädchens, das ohne ihren Ehemann zurückgelassen wurde? Glaubst du, jemandwird sich melden, um dich zu heiraten?"

„Ich selbst werde das Glück tragen, vom Joch des Brahminismus befreit zu sein. Jetzt bin ich frei, meine eigene Karriere, meine Ausbildung und meine Zukunft zu wählen. Ich bin der Architekt meiner Zukunft. Du brauchst dir keine Sorgen um mich zu machen."

"Wohingehst du? Mit wem lebst du zusammen?"

"Zuerst zum Gericht, um die Scheidung zu beantragen."

"Was? Hast du den Kopf verloren?"

"Lass dich nicht erschrecken. Ich werde für die Scheidung beten. Sammle genügend Beweise und argumentiere für meine Trennung. Hab keine Angst. Ich bin nicht hierher gekommen, um bei dir zu bleiben. Ich bin hierher gekommen, um meine Dokumente und Merkblätter abzuholen, damit ich mich in meinen Doktortitel aufnehmen kann. "

"Das ist eine vorschnelle Aktion. Wowirst du wohnen? Ist es einfach, in unserer Gesellschaft getrennt zu leben?"

"Es gibt zahlreiche Hostels, P.G. Unterkünfte, Studentenwohnheime..."

"Was ist los mit ihm? Warum ist er unzufrieden mit dir?"

"Wenn ich dich frage, was ist los mit mir?"

"Shambhu ist ein ordnungsgemäß qualifizierter Professor, hat ein gutes soziales Ansehen - hat eine respektable Familie."

"Ich dachte, er wäre es, aber er ist es nicht."

"Du bist derselbe arrogante und hitzköpfige wie dein Bruder."

"Kann sein. Nachdem ich die Last des männlichen Brahmanismus kühl getragen hatte, musste ich heiß sein."

"Didi, wowirst du übernachten/"

"Ich habe mit meinen Freunden gesprochen. Sie haben mir eine zahlende Gästeunterkunft versprochen. Dies ist vorübergehend. Ich habe bereits mit einem meiner Lehrer gesprochen. Sie hat mir eine Unterkunft in der Herberge der Dame zugesichert."

Nirbans Vater schließt sich der Diskussion an.

"Pfui über dich! Wir ließen einen gebildeten, klugen Professor zurück, von dem wir dachten, dass er zu dir passt, und hatten arrangiert, dich zu heiraten, aber was für ein unergründliches Schicksal, wenn du das Gold beiseite wirfst, entscheidest du dich für eine Alufolie!"

"Mama, dein" Mr. Correct "ist ein Anhänger der Manuite-Philosophie, ein Hasser anderer Varnas, ein Anhänger der Apartheid und ein engstirniger Mann, der an einer Paranoia leidet. Wie kann ich mit ihm zusammenleben? Ich habe meine Entscheidung getroffen. Ich brauche vierundzwanzig Stunden. Dann mache ich mich auf den Weg zu meinem Ziel."

Ihr Vater stand kurz vor dem Zusammenbruch.

"Was nützt mir dieses große Herrenhaus? Was nützt der Mammut-Laden an Immobilien?"

Nirban sagte höflich: „Papa, lebe mit deinem Reichtum, deiner Position und deinem Eigentum. Wir haben kein Interesse an ihnen."

Parbati fügte hinzu: "Lass mich dir die Ornamente zurückgeben, die du mir bei meiner Hochzeit geschenkt hast. Ich könnte sie aus meinem Schließfach heraus verwalten, bevor sie darüber pfuschen. Ich habe kein einziges Schmuckstück genommen, mit dem sie mich geschmückt hatten. Ich bin nur in meinem einzigen Saree, den ich hatte, während ich zum Haus der Bhattacahryas ging."

Ihre Mutter brach in echte Tränen aus.

"Eine Mutter, von der ihre Söhne entfremdet sind, kann nicht leben. Herr Chakraborty, wie können Sie die gähnende Lücke ausbessern - dunkle Tage und dunkle Nächte. Ich bin auf den Zähnen der Säge. Du wirst dein Ego nie verlassen und deine Nachkommen werden ihre Argumente nicht verlassen. Soll ich in den Tod gedrängt werden? Nimm deinen Sohn und deine Schwiegertochter an. Rette unsere Familie1"

"Nein", rief der Senior Chakraborty, "ich halte immer noch an meinem Glauben fest - Frauen, Hunde, schwarze Vögel und die Shudras - sollte nicht berührt werden. Sie sollten gemieden werden."

Nirban kehrte zu seiner Institution zurück. Er musste sich auf seine Abschlussprüfung vorbereiten, sich auf das Campus-Interview vorbereiten. Er brauchte so schnell wie möglich eine Anstellung. Er träumte davon, ein Zimmer zu mieten und Draupadi zu sich zu nehmen. Er hatte auch davon geträumt, Draupadis Studien regelmäßig zu machen. Draupadi wurde unter strenger Wachsamkeit im Haus ihres Vaters zurückgelassen, und eine Tag- und Nachtpatrouille der Friseurin Muhalla begann, sie zu beschützen. Das kleine Häuschen ihres Vaters war praktisch zu einer Festung geworden. Sie durfte sich nicht nach draußen wagen. Die Bäume, die Eichhörnchen, die Papageien, die Eulen und ein schattiger Wald in der Ferne, ein Fluss, der leise murmelte - alle riefen sie: „Oh Draupadi, komm heraus, lass uns reden, spazieren gehen, und wir führen dich zum Fluss!" Aber Draupadi war beunruhigt, nicht die Füße aus ihrem Haus zu setzen.

Ihr Vater, vorsichtig bei jedem einzelnen Geräusch von außen, verließ seinen Beruf, einen Salon zu führen, und beschäftigte sich damit, ihre Tochter zu beschützen.

Draupadi langweilte sich. Ihre Studien waren verkürzt, die Bewegung eingeschränkt - sie hielt sich für inhaftiert. Ihre nächtlichen Gespräche mit Nirban waren der einzige Trost. Sie wartete stundenlang, um die Grüße des Nirban zu hören, und seine drei Tage waren vergangen, und Draupadi dachte, sie hätte sich in einer endlosen Zeitwelle gewälzt.

"Hey?"

"Ja, Chitrangada."

"Ich bin keine Prinzessin, ich bin ein armes Mädchen..."

"Aber reich mit einem Herzen, reich mit einem Verstand, reich mit einem Mut und hinreißend mit einer Schönheit."

„Ich bin so hungrig nach deiner Liebe - deinen breiten Schultern, deinem geraden Hals, einem echten maskulinen Gesicht, verschlingenden Lippen und einem Herzen, das wie der Ozean gefüllt ist. Ich kann die Wellen spüren, das Salz deiner Zähne schmecken, deine krakenartigen Finger durchlaufen mich, um mir einen ekstatischen Nervenkitzel zu bereiten..."

"Hey, mach mich nicht gierig. Warte noch ein paar Tage."

"Nibu, ich möchte durch einen Vollmond reisen, der mein Ferienhaus verschlingt - mit deinen Händen in ein weit entferntes Land!"

"Schlaf, mein Kaninchen."

Am Tag nach Nirbans Abreise gibt es viele Aktivitäten im Haus der Chakrabortys.

Es ist ein "Chandrayan", eine Sühnezeremonie, ein "Prayaschitta", das durchgeführt wurde, um das Haus zu reinigen, das von Draupadi entweiht wurde. Eine große Anzahl von Eingeladenen hat an der Feier teilgenommen. Da Krishnakishore Chakraborty, Nirbans Vater, der Panchayat Pradhan ist, sind soziale und politische Teilnehmer auffällig präsent. Würdenträger von der Bezirksebene bis zur Basis sind gekommen, um den Anlass zu schmücken. Polizeibeamte haben heute Abend zusammen mit dem Kreisinspektor und den Thanedar eine üppige Mahlzeit eingenommen.

Nachdem sie weg sind, sind die Lichter aus. Einige geisterhafte Kreaturen sind, als ob sie angerufen würden, um ein unheimliches Treffen einzuberufen. Die Eingeladenen in dieser besonderen Versammlung zeigen ihre Gesichter, verstört, düster und ernst. Ein mobiler Blitz zeigt Chakrabortys Gesicht, so blass wie der Tod.

„Dies ist ein Land der Finsternis, wie die Finsternis selbst. Das ist weit weg von Gott und dem Licht des Himmels. Ein grelles flackerndes Licht eines Feuers, das aus brennenden Wasserpfeifen entsteht, macht es dunkler ", kommentierte die Nacht.

Und Milton hätte gesagt: "... da stand ein Hügel, nicht weit, dessen grausige Spitze Feuer und rollenden Rauch rülpste...

Die Teufel sind wie gefallene Engel in einer eigenen widerspenstigen und gefährlichen Welt gefangen... und machen...

Das flackernde Licht des brennenden Tabaks oben auf jeder Wasserpfeife sorgt für Verwirrung...

Ein Ritual, bei dem der Tabak von Wasserpfeife zu Wasserpfeife eingeatmet wird, und das allerletzte... ein Flüstern von "Humms", zerbrochenen Partikeln eines dunklen Duftes, die die Luft vor Düsterkeit schwer machen...eine endlose Musik dunkler Agenten, die in der Wildnis singen, hat sich in die Szene eingemischt...eine Vielzahl dunkler Ratten, die sich hier und da bewegen...einige dunkle Schlangen, die die Frösche mit ihren Schreien jagen, die die Luft zerreißen, und ... nach langer Überlegung werden die "Humms" zu "Ja".

Die Köpfe werden zusammengesetzt, um „Ja" zu sagen. Ein blasser Mond, der am Fenster aufging, kämpfte sich einen Blick hinein, aber der Raum ist für immer dunkel geworden...

Es ist passiert, am nächsten Tag...

Gerüchte werden durch eine Vielzahl panischer Botschaften an das Dorf verbreitet, insbesondere an das Haus von Kishorimohan, Draupadis Vater, dass sein Salon von der Polizei überfallen wurde, dass riesige Waffen aus dem Salon geborgen wurden. Niemand weiß, woher oder von wem die Waffen dem Salon von Kishorimohan Platz gemacht haben.

Aber Fakt ist Fakt.

Die Polizei hat jede Waffe und Munition akribisch untersucht, eine umfassende Liste erstellt und der Bericht über die Waffentransporte war bereits auf dem Weg zum Polizeipräsidium des Bezirks. In den Polizeikreisen herrscht bereits Aufruhr, Journalisten rennen hin und her, aber als die Suche weiterging, hatte Kishorimohan ungewöhnlich lange in seinem Haus geschlafen.

Eine Truppe von Polizisten ist schnell im Einsatz. Kishorimohan wird aus dem Haus geworfen und zur Polizeistation für ein Verhör gebracht.

Die Polizei hat Kishori keine Zeit gelassen, um mit seiner Frau oder seiner Tochter zu sprechen.

Die Polizisten ließen sie in völliger Bestürzung zurück und ließen einen Berg von Angst auf ihren Schultern ruhen.

Der arme Draupadi wird unter der Wachsamkeit tröstender Nachbarn, einiger Verwandter und verletzter Dorfbewohner zurückgelassen.

Die Dorfbewohner sind überrascht. Auf keinen Fall kann Kishorimohan als Waffenlieferant genommen werden. Aus Empathie eilen einige Dorfbewohner zur Polizeistation.

Die besorgte Mutter und ein verwirrter Draupadi versuchen, Nirban zu kontaktieren, aber zu ihrem Pech schweigt das Netzwerk für Mobiltelefone während dieser unerwarteten Wendung der Ereignisse.

Draupadi sitzt benommen da. Sie spürt einen dumpfen Schmerz in ihrer Kehle. Ihre Kehle drückt zu. Ein tiefes Gefühl von Unbehagen und unbekannter Angst hält sie starr.

Der Tag ist vorbei, aber ihr Vater wird nicht von der Polizeistation entlassen. Die Nachricht eilt zurück: Er wurde zur weiteren Untersuchung ins Bezirksgefängnis gebracht.

Die Mutter und die Tochter werden in einem dunklen Häuschen zurückgelassen.

Der Morgen. In seinem Hostelzimmer versucht Nirban verzweifelt, Draupadi zu kontaktieren, aber er scheitert.

Gerade jetzt muss er sich zum Institut beeilen, um sich einem Campus-Interview zu stellen. Er löscht seine Sorgen und eilt zu seinem Campus. "Okay, ich versuche es später", tröstet er sich.

Kaum ist er draußen, betreten zwei Personen, die behaupten, enge Verwandte von Nirban zu sein, die Herberge und bitten um einen Besuch beim Aufseher, auch wenn die Wachen nicht bereit sind, einen Zutritt zu gestatten. Sie werden von einem Bündel von Währungsnoten verwaltet.

Die Boten sind erfolgreich darin, die Wachen davon zu überzeugen, dass sie durch einen Notfall gezwungen wurden, sich dort aufzuhalten. Sie wollen Nirban treffen.

Das Duo erreicht den Speisesaal, wo sie zufällig oder zufällig Nirbans Mitbewohner treffen, ganz in der Nähe von Nirban,

"Hallo"?

"Ja, dürfen wir nach Ihrer Identität fragen?"

"Ja, natürlich. Wir sind aus Nirbans Haus gekommen. Es ist sein Vater, der uns die Pflicht übertragen hat, Nirban sofort zu kontaktieren."

"Seltsam! Er trennte sich nicht mit einem Wort von seinen Lippen! Und er ist in einem wichtigen Interview? "Wie kommt es?"

"Ja, Söhne, das ist die Realität. Unglück kommt nicht einzeln. Eine auftauchende Situation hatte uns gezwungen, uns mit ihm zu treffen."

"Was ist das Unglück und warum bist du gekommen, um uns zu treffen? Woher wusstest du, dass wir seine Freunde sind?"

"Ihr seid seine besten Freunde. Von ihm haben wir deine Namen gehört."

"Okay. Aber das bedeutet nicht, dass du zu uns kommen würdest, ohne ihn vorher zu kontaktieren! Hör zu, Onkel, wir sind nur Freunde. Wir gehören nicht zu seiner Familie? Stimmt's?"

"Richtig. Aber was wirst du tun, wenn dein Freund in einem Dilemma steckt, das ihn destabilisieren und seine Karriere ruinieren kann?"

"Wir können nicht folgen. Es ist ein seltsames Treffen."

"Gib es zu. Aber manchmal hilft Seltsamkeit, einige Probleme zu lösen."

"Könntest du das Geheimnis preisgeben?"

"Ja. Zuerst sollen wir uns irgendwo hinsetzen. Ich fordere dich auf, auf das Schicksal zu hören, das Nirban erwartet."

„Okay! Aber wie können wir sicher sein, dass ihr keine Verschwörer seid?"

"Das sind wir nicht. Du kannst einen Schnappschuss von uns beiden haben. Verifiziere unsere Identität vor der Polizei."

"Warum sollten wir in eine so komplizierte Familienangelegenheit verwickelt sein?"

"Jungs, er ist ein Mensch, mit Träumen für seine Karriere, seine Zukunft. Wirst du nicht helfen, wenn er in die falsche Richtung geht, mit einer falschen Wahl?"

"Immer noch bleibt das Geheimnis bestehen. Sei offen und erzähle uns alles. Dann werden wir entscheiden, was zu tun ist."

Das Duo erzählt alles, aber mit einem Körnchen Salz. Die beiden Freunde von Nirban erheben sich gleichzeitig zu einer Revolte: „Dies ist eine rein persönliche Angelegenheit und eine persönliche Entscheidung. Wir dürfen nicht eingreifen."

„Jungs, wir beten vor euch, mit gefalteten Händen, bitte überredet ihn, seinen Lebensweg zu ändern. Seine Karriere wird im Keim erstickt! Er wird später Buße tun müssen. Das ist pure Verliebtheit im Namen der Liebe!"

"Onkel, was wird das Schicksal des Mädchens sein, das ihn für seinen Seelenverwandten gehalten hat? Das macht keinen Spaß. Beachte, dass zwei Leben daran beteiligt sind!"

"Der andere wird irritiert."

"Wir mischen uns in keiner Weise ein."

"Liebe Jungs, ihr seid seine Gratulanten wie wir. Dieser Managementjunge hat eine glänzende Zukunft, hat einen lukrativen

Heiratsmarkt vor sich, schöne Bräute hoher Herkunft warten auf ihn. Glaubst du, er wird in die Kanalisation eintauchen?"

"Einspruch, Onkel, mach uns nicht zu einer Partei. Um den Traum eines Jungen von einer möglichen Zukunft zu schützen, können wir den Traum seines Partners nicht töten. Dies ist eine digitale Welt, in der du lebst, dies ist ein Zeitalter des wissenschaftlichen Fortschritts, mit dem du gesegnet bist und seltsam, du stehst starr da, um Klasse und Kasteismus zu verteidigen? Du unterstützt die Lokomotive des Kopernikus im Zeitalter des Überschalljets!"

"Jungs, er ist ein Brahmane, von höchster Ordnung?"

"Also, sollen wir Kastensammler sein?"

„Bitte rette die Familie davor, zersplittert zu werden. Seine Eltern stehen kurz vor dem Zusammenbruch. Bitte tun Sie etwas. Hier ist ein gestempeltes Papier. Tun Sie Ihr Möglichstes, damit er zu einer Scheidungsentscheidung kommt. Inspirieren Sie ihn, seine Unterschrift auf das Papier zu setzen. Wie Sie vorgehen werden, die Strategie liegt bei Ihnen. Hier sind zwei Pakete. Bitte nimm sie für deinen Spaß mit. Ihr seid junge Männer des dreiundzwanzigsten, ihr könnt eine Menge Masti machen..."

"Was enthalten diese beiden Pakete?"

"Öffne es."

"Du machst auf, bitte. Wir dürfen nichts anfassen. Wer übernimmt die Verantwortung, wenn sie Drogen enthalten?"

„Ha, Ha, Ha! Jungs, seht, was sie sind. Diese beiden Pakete enthalten jeweils zwei Lac Indische Rupien."

"Bist du hergekommen, um uns zu kaufen?"

"Kauft euch zum Wohle eures lieben Freundes, Jungs."

"Nimm diese zurück, verstau sie in deiner Tasche und mach dich frei."

"Geld kann keine Liebe, Zuneigung oder Respekt kaufen", kommentierte der andere.

In einer Minute oder länger rasen die Boten herunter und verschmelzen auf den Straßen.

Die beiden Freunde müssen sich nun zwischen den beiden - den vier Lakh indischen Rupien - und dem unschätzbaren menschlichen Bedürfnis nach Liebe entscheiden. Eine kritische Zeit für sie.

Beitragsskript:

Am vierten Tag seiner Abreise wurde Nirban unruhig.

"Was ist mit Draupadi passiert? Warum antwortet sie nicht auf meine Anrufe?" Er fühlte, dass er mit einer Wolke von Bedenken beladen war. Er spürte, dass etwas nicht stimmte. Er machte sich auf den Weg zu seiner heimatlichen Dorftasche und seinem Gepäck.

Er erreichte sein Dorf um acht Uhr abends. Machte einen geraden Aufenthalt in der "Napitparha" (die Konzentration von Barbieren in einem Ort, wo Draupadis Vater seine Hütte hatte). Es war alles dunkel.

Es war eine verlassene Hütte. Der Eingang schien verschlossen zu sein, obwohl er unter mobilem Blitz schattig war.

Er rief laut: "Draupadii-i?"

Einige Leute aus benachbarten Häusern kamen hastig heraus.

"Sie sind gegangen."

"Könntest du mir sagen, wo sie hin sind?"

"Junge, wir stehen unter strenger Wachsamkeit der Polizei. Mehr können wir nicht sagen."

Auf den schattigen Straßen ging Nirban auf die Hauptstraße zu. Die Straßenlaternen waren schlecht und beklagten sich traurig über etwas, das er nicht herausfinden konnte. An den Häusern am Straßenrand schienen nur wenige Fenster beleuchtet zu sein, aber im nächsten Moment wurden sie von einer hungrigen Dunkelheit verschlungen.

Die Luft war herrlich gemäßigt. Eine kühle Brise war dabei, Staub wegzufegen. Oben über einem blauen Baldachin, das von Dunkelheit heimgesucht wurde, wurde von Sternen gekräuselt.

Wohin soll es gehen?

Nirban schleppte jetzt seinen eigenen Körper, benommen und leichtsinnig, während er eine Konstellation von Glühbirnen unter einem Baldachin sah, die wahrscheinlich von begeisterten Zuhörern und Zuschauern überfüllt waren.

Nirban machte weiter.

Er erreichte den Versammlungsort.

Niemand hatte von ihm Notiz genommen.

Die Zuhörer waren in 'Krishna Kirtan' vertieft. Da ist der "*Astamprahar* Mahotsab" (feiert die göttliche Liebe von Krishna und Radha, verkörpert von dem großen liberalen Sänger-Philosophen Srichaitanya des späteren Mittelalters von Bengalen)

Nirban drängte sich in die Menge, um Draupadi dort zu entdecken.

Der Sänger auf der Bühne sang:

„*Tilakusum sunasa snigdha nilotpalakshi*

Ghana Kathina Kuchadhya Sundari Chandrashila

Safal gunjuta sa chitrini chitrabasa."

„Sie kennt die Freuden der Liebe

Sie ist weder zu klein, noch imposant

Ihre Nase, gnädig, führt uns dazu, über den Sinn im Keim nachzudenken

Ihre verführerischen Augen sind wie eine türkisfarbene wässrige

Wohlhabende Brüste, fest und gefüllt

Von Natur aus keusch und absolut fair

Ihr Gesicht sieht aus wie ein Gemälde..."

Nirban ist elektrisiert, ihren Chitrangada auf der Bühne zu sehen.

"Hier ist sie! Mein Chitrangada. Oh Chitrangada, siehst du, mit deinen eigenen Augen ist dein Arjuna gekommen!"

Aber während er seinen Blick zum zweiten Mal wirft, ist sie in der Leere verschwunden.

"Wo bist du, mein Chitrangada...??"

Sein hektischer Ruf hallt in der umliegenden Ortschaft nach.

„Es ist nicht Winter. Doch die Bäume sind so schockiert, dass sie Blätter abwerfen. Die Philosopheneule sticht in die Nase und sagt: "Vielleicht... sie vergießen heute Tränen.""

Die Bäume fangen an zu weinen. Die Eule fragt sie: „Um wen weinst du?" "Wir weinen um ein sanftes Mädchen, unser lieber, lieber Vogel."
"

Flüstern liegt in der Luft. Nirban rennt dem Flüstern hinterher.

Gefolgt von Flüstern geht Nirban nach Hause.

Es ist dunkel geworden. Es ist eine leere, dumpfe, trostlose Dunkelheit.

Ein großes Gefühl der Müdigkeit fegt über ihn hinweg und saugt seine Energie damit auf. Tränen bündeln seine Augen. Worte werden in seiner Kehle erstickt. Nach einem Moment werden die Tränen bitter. Sein Gesicht verhärtet sich.

Zorn und Verachtung köcheln in donnernder Wut.

Er klopft heftig an die Haustür seines Hauses.

Das Geräusch des Klopfens ist so alarmierend, dass die Türen der unmittelbaren Nachbarn seiner Familie weit aufgestoßen werden.

Sie sammeln sich in einem oder zwei und warten ruhig ab.

Die Tür öffnet sich mit einem enorm lächelnden Gesicht von Nirbans Mutter :

"Aiiii!-Hello Nibus Vater, komm her und sieh, wer gekommen ist?"

"Wo ist Draupadi?" Nirban wirft ihr einen warnenden Blick zu.

"Sei dabei, mein Junge. Du siehst müde und abgemagert aus ", ruft ihn die verzweifelte Mutter hilflos herein.

Vor Wut gefeuert, fragt Nirban erneut: "Wo ist Draupadi?"

Seine Mutter fummelt praktisch: „W-e haben keine Ahnung, Sohn. Sie müssen in ihrer Mahalla sein. Woherkommst du, mein Sohn? Du warst für ein Vorstellungsgespräch in der Stadt gewesen- nicht wahr? So schnell zurückkommen? Ist alles in Ordnung? "Du brauchst Ruhe."

"Wo ist Draupadi/" (Nirban zittert vor Wut)

(Die Menge wogt. Die Menschen haben begonnen, sich in großer Zahl zu drängen. Ein schwaches Geschrei nimmt starke Obertöne an)

Jemand fragt: „Was ist passiert, Nibu? Wir haben gehört, dass ihre Familie in ein anderes Dorf umgezogen ist."

Ein alter Nachbar fügt hinzu : Draupadis Vater ist im Gefängnis. Sein Salon wurde von der Polizei durchsucht. Eine riesige Waffe wurde geschleppt."

Nirban wird fast ohnmächtig. Die Leute eilen herbei, um Hilfe zu holen. Behandeln Sie ihn mit Wasser und Essen.

Zurück zu seinen Sinnen, verweigert Nirban das Essen. Seine Mutter schreit jetzt laut: „Nibus Vater, komm her, um zu sehen, was du aus deinem Sohn gemacht hast!"

Ein sichtlich verängstigter Vater erscheint. Er bittet mit gefalteten Händen den neugierigen Mob, sich zu zerstreuen. Aber diesmal ist sein Befehl ungehorsam. Die Situation wird angespannt, mit einem sich zusammenbrauenden Zorn.

"Herr Panchayat Pradhan, wohin haben Sie meine Frau Draupadi verlegt?"

"Mein Sohn, ich weiß nichts von den Ereignissen. Es ist die Aktion der Polizei, mit der Vollstreckungsdirektion. Das Gesetz geht seinen eigenen Weg. Ich habe keine Rolle dabei."

Nirban stellte erneut die gleiche Frage mit einer zarten Verachtung: "Wo hast du sie abgeladen, mein respektierter Brahmanen-Vater?"

Nirban spricht jetzt die Menge an.

"Wer von euch hat sich der Sühnezeremonie angeschlossen?"

Stille.

"Wer von euch hat eine schöne Mahlzeit genossen?"

Stille.

"Wer von euch hat sich dem Masterplan angeschlossen, um eine arme Familie zu entwurzeln?"

Stille.

"Okay. Dieses Schweigen kann für euch alle sehr kostspielig sein. Eines Tages werde ich kommen und euch alle an Ketten ziehen. Du hast deinen Mund nicht geöffnet. Du bist diesem Mann zu Dank verpflichtet (er zeigt es seinem Vater), denn er wird bei der nächsten Wahl der Präsident der Panchayat Samity sein. Aber denken Sie daran, Verbrechen zahlt sich nicht aus. Dunkle Nächte werden bis zum

Morgengrauen gleiten. Ich werde jede Wurzel krimineller Aktivitäten in diesem Bereich ausschneiden, das verspreche ich!"

Ich werde herausfinden, wohin Draupadi transportiert wurde. Ich werde Ihnen nie verzeihen, Mr. Brahman. Wenn ihr etwas zustößt, wenn du ihr bereits das Leben ruiniert hast, verspreche ich dir, ich bringe dich an den Galgen. Warte auf diesen verheißungsvollen Tag.

Nun Adieu, an euch alle. Es ist eine Tragödie, ihr seid die stillen Opfer von Lügen. Die Wahrheit wird eines Tages herauskommen.

Eines Tages wirst du für das, was du getan hast, sühnen müssen."

Nirban geht in die Dunkelheit hinaus.

Seine Mutter rennt ihm hinterher -'Khoka' (mein Sohn) kommt zurück. Khoka, ich weiß nichts von ... Vielleicht, dein Vater weiß es, vielleicht...

Am nächsten Tag wird Nirban entdeckt, der einige bedeutungslose Worte vor dem riesigen Baum am Flussufer ausspricht, wo er Draupadi zum ersten Mal traf und fühlte.

"Erinnerst du dich an mich, mein Freund? Du hast ein Herz, das so groß ist wie der Ozean. Du bist ein Stoiker. Du beobachtest die Tiere, die Vögel, die Schutz suchen, Liebe machen, neue Generationen gebären. Ich schulde dir tiefen Gruß, du hast mir einen Regenschirm angeboten, unter dem ich mit Draupadi Liebe gemacht habe. Ihr Nest wird gestürmt, sie ist entwurzelt, schutzlos. Ich weiß nicht, wo sie ist. Wenn sie zurückkommt, sag ihr bitte, dass ich sie liebe. Meine Liebe ist so stoisch wie die Erde. Lieber Baum, hier nehme ich Abschied von dir, aber ich komme wieder. Ich verspreche, ich komme wieder!"

Nirbans Tagebuch. Sechs Jahre später.

Sechs Jahre!

Lange sechs Jahre Vergessenheit. Soll ich "Vergessen" schreiben oder das Wort "Al Vida" schreiben? Wird dieses Wort persischer Herkunft mich voll schreiben?

Von wem verabschiede ich mich? Das Wort deutet darauf hin, "sie wird nicht zurückkehren". Aber ich glaube, dass sie eines Tages zu mir zurückkehren wird. Mein Batchmate Bidisha sagte mit einem schiefen Lächeln: "Warte, bis der Regen kommt." Erwiderte ich lächelnd. "Ja, ich habe auf einen" gesegneten Regen "gewartet. Draupadi wird mit einem heftigen Regenguss zurückkommen. Die Felder werden reich an Vegetation sein; die Obstgärten werden mit Früchten beladen sein."

„Deine Geduld, guter Herr! Aber wo auch immer Sie sind, erinnern Sie sich an eine Stadt "Bidisha" einmal und jedes Mal fruchtbar, mit einer reichen Ernte ", kommentierte Bidisha.

Bidisha ist jetzt in einem hügeligen Gelände, mit dem sie vertraut ist. Meine freudigen Tage mit Bidisha endeten mit einer Traurigkeit. Was habe ich in diesen langen sechs Jahren getan? Ich verließ meinen Job - einen lukrativen, in einem multinationalen Unternehmen. Ich war gelangweilt von der täglichen Arithmetik des Kaufens und Verkaufens - immer ängstlich, immer mit den Füßen auf den Rädern, immer mit Sitzungen, Vorstandssitzungen, der Verbindung zum Geschäftsführer und seinen Anrufen zu gottlosen Zeiten.

Eines schönen Morgens ging ich, ging nirgendwohin und füllte die Formulare für eine UPSC-Prüfung aus. Ich entdeckte; es war nur für Draupadi. Sie führte mich aus der Ferne - „Sei ehrlich und gewissenhaft wahrhaftig. Entdecke die Wahrheit. Halte es aufrecht."

Ich war in eine verrückte Suche nach Draupadi vertieft. Aber sie fehlte plötzlich auf der Karte. Mein Vater war so cool wie er, meine Mutter, die ewig weinende Frau sah hilflos aus. Keiner gab mir einen Hinweis. Meine Verwandten hielten unglaublich Mama. Ich rannte von Säule zu Säule. Wurde sie ermordet? Oh nein! Ich kann es nie im wildesten meiner Träume erahnen. Sie ist ein Licht, das nicht mit einem einzigen Windstoß ausgelöscht werden darf. Sie kann keine Lüge sein. Sie ist so schön wie die Wahrheit. So wahr wie ein Stahl.

Sie machte mich entschlossen und entschlossen, die Wahrheit herauszufinden. Ich habe UPSC geknackt. Ich entschied mich für den indischen Polizeidienst. Und zu meinem Entsetzen wurde ich ausgewählt! Ausgewählt als Trainee! Aber ich wusste nicht, dass mein Gentleman-Profil einfach zerschmettert werden würde. Es war das härtere und härteste Leben in der Polizeiakademie Sardar Ballav Bhai Patel.

Heute erinnere ich mich an die Erinnerungen von gestern - die bunten Facetten des Edelsteins. Ja, das weichmütige, teigartige Individuum wurde zu einem gehärteten Metall geformt. Jetzt spreche ich mit mir selbst, allein, mit mir, dem stellvertretenden Superintendenten der Polizei - die "Polizei", das Wort, das ich die ganze Zeit in meinen Campus-Tagen gefürchtet hatte, war eine Dekoration für mich. Es passiert. Und es ist in meinem Leben passiert.

Sie sagten: "Du bist ein roher Mensch", um die Akademie mit vielen Träumen zu erreichen.

Du weißt nicht, was für ein rigoroses Training auf dich wartet. Erfahren Sie, wie Sie die Belastung durch körperliche und Präsenztrainings gut schultern können.

Vergiss, dass du um 7 Uhr morgens in deinem Hostelbett schläfst und deine Freunde dich mit den Ellbogen schieben: „Wach auf, es ist 7 Uhr. Wir haben eine Klasse um 8 Uhr." Hier ist von 5 Uhr morgens bis 8 Uhr abends jede Stunde ein Kurs. Nein, lieber Freund, dein Tag beginnt mit 'Fall-in for PT right at 5 am. Also wache um 16.30 Uhr auf. Bereiten Sie sich sofort auf Bohr- und Waffenhandhabung vor. Um 8.45 Uhr sind Sie für Waschungen und Frühstück entlastet. Beeilen Sie sich, um pünktlich um 9.15 Uhr zu Ihren Indoor-Kursen zurückzukehren. Tauchen Sie bis zum Mittagessen in IPC, CRPC, Beweisrecht und verschiedene Gesetze ein. Ihr Gehirn kann schmerzen, wenn Sie durch das Labyrinth der Geschichte der Polizei und der forensischen Wissenschaft gehen. Machen Sie Ihr Gehirn so frisch, dass Sie eifrig den Gesetzen gegen Vergewaltigung, der Jugendgerichtsbarkeit und dem großen Wort-Duo "Recht und Ordnung" zuhören.

Und zum ersten Mal in Ihrem Leben stehen Sie all den gefürchteten Kreaturen gegenüber - Männern von CBI, IB, FFRO, nia und NSG.

Dann gibt es ein brutzelndes Wort, "Mittagessen". Das Mittagessen ist auch voller Lärm, aber diszipliniert, in Bezug auf die Diskussionen, Lektionen, leisen Feedbacks und immer Lektionen!

Und nach dem Mittagessen? Keine Chance, sich zu entspannen oder ein fünfminütiges Nickerchen oder einen Hundeschlaf zu machen. Stehen Sie in der Abendstunde wieder für zwei Unterrichtsstunden auf

- entweder zum Schwimmen, Reiten (Reiten) oder Schießen. Kumpel, dieser Outdoor ist der härteste von allen.

Die Vorbereitung darauf ist nicht so einfach, Kumpel. Für jede Klasse wirst du in neuere Uniformen gehüllt. Du hast es immer eilig, hin und her zu tragen. Der Abend ist ein Rätsel.

Hey, du wirst zu einem formellen Abendessen mit deinen Senioren eingeladen. Aber Sie sind so abgemagert, dass Sie das Abendessen, so üppig es auch sein mag, nicht genießen können. Oho! Das Abendessen wird auch von den Ratschlägen der Senioren in Ihren Ohren durchdrungen.

Lieber zukünftiger IPS-Offizier, du bist jetzt um 22 Uhr eingeschlafen, weil du am nächsten Morgen um 4.30 Uhr aus deinem Bett aufstehen musst.

Die nächste, die nächste und die nächste; die gleiche Routine. Oh, eine Sache habe ich vergessen, dir zu sagen.

Sie ist ein Prolog zu deiner dramatischen Ankunft.

Lassen Sie mich es mit Ihnen teilen.

In dem Moment, in dem du ankommst, freust du dich darauf, eine frische Bande von Batchmates aus ganz Indien zu treffen, sogar aus Nepal, Bhutan und den Malediven. Sie werden über die Dos und Don'ts informiert. Der Tag ist ein geschäftiger Tag, an dem die Fakultätsmitglieder Sie begrüßen und Sie sie aus Höflichkeit begrüßen. Der Direktor der Akademie heißt Sie willkommen; Sie fühlen sich beschwingt.

Möchtest du in dieser Arena auftreten? Moment, es gibt ein Ritual. Der Friseur erscheint aus dem Nichts, um Ihre Haare und Seitenverbrennungen zu reduzieren. Der Schneider ist bereit für die schnelle Messung Ihrer Uniform. In der Zwischenzeit tickt deine Mittagspause. Beenden Sie das Mittagessen und Sie müssen ein umfangreiches Handbuch für den Außenbereich lesen. Aktionspläne für die Zukunft. Ich erinnere mich an einen traurigen Abend. Ich musste am ersten Tag bestraft werden. Volleys von Fragen wurden auf mich geschossen, aber ich konnte das Handbuch nicht so schnell lesen. Es gab die erste Drohung: Der erste Tagwird dir in Erinnerung bleiben (mit der Strafe). Rate mal, was es sein könnte: Es war ein Lauf über 5 Kilometer! Der Körperschmerz hat mich 5 Tage begleitet.

Somit war der Tag für mich auf seine Weise etwas Besonderes und Einzigartiges. Dennoch gebe ich zu, dass mich das Training körperlich und geistig stark gemacht hat. Innerhalb von 6 Monaten änderte sich mein Lebensstil völlig. Geschützt waren wir von unseren Eltern. Es war also schwierig für uns, aus dem Kokon der Sicherheit herauszukommen. Das rigorose Training warf das "Baboo" (sanft gestreichelter Sohn) in mir raus. Es gab mir eine Stärke, die ich in meiner Sprache nicht beschreiben kann. Ich lernte Kameradschaft, Teamgeist, Integrität und Loyalität zu meiner Flagge - meinem Land. Sie haben mich zu dem gemacht, was ich bin. Jetzt habe ich keine Angst mehr vor dem Seilbahnklettern.

Bevor ich zur Ausbildung in der Akademie kam, hatte ich das Tagebuch eines ausländischen Polizeibeamten gelesen. Ich war furchtbar beeindruckt. Das ist die andere Seite der Mitternacht. Ich erinnere mich noch an einige Zeilen. Die Worte nagen mich immer noch an.

„Nach 30 Jahren des Ein- und Ausstiegs aus einem Auto und einem Polizeimotorrad, Kämpfen, Unfällen, Stürzen und anderen körperlichen Traumata habe ich den Körper eines 80-Jährigen und bin erst 61 Jahre alt. Ich habe ständig Schmerzen der einen oder anderen Art, was sich negativ auf meine Lebensqualität auswirkt. Mehrere Nächte in der Woche erleide ich Albträume, die mit den Dingen verbunden sein müssen, die ich gesehen habe..."

Ich stimme seinen "Albträumen" voll und ganz zu. Nach den Tagen der Prüfungen und des harten Outdoor-Trainings waren wir so tot wie Schlamm. Wir schliefen in ein paar Sekunden, sobald wir auf dem Bett lagen. Der Schlaf würde mit ihrer eisigen Hand kommen. Der Tag war so hektisch mit zahlreichen Aktivitäten, die Nacht war nur eine verlassene Wüste, die Korridore unseres Chaos sahen aus wie ein verwunschener Ort. Dunkel, dunkel, überall.

Ich hatte die Gelegenheit, mit einem SP zu interagieren, als ich in dem multinationalen Unternehmen war, mein erstes Posting in. Er war verblüfft.

"Hast du den Kopf verloren? Sie sind Ingenieur, ein Manager, der ohnmächtig wird, Sie entscheiden sich dafür, Ihr Bein in die Schuhe eines Polizisten zu stecken? Der Name ist glamourös - wir nennen ihn IPS. Aber kennen Sie die Gefahren des Trainings? Dieser gute, gutaussehende Gentleman-Junge wird ein IPS sein? Denken Sie zuerst nach, schauen Sie, bevor Sie springen."

Ich nickte zustimmend und bat um Tipps von seinem Wissen und seiner Erfahrung. Er wurde ruhig und fing an zu strömen.

„Das Leben wird sehr schnell, sobald man an der OTA (Officers 'Training Academy) teilnimmt. Du wirst verärgert sein, damit du körperlich und geistig stark werden kannst. Dein ziviles Denken wird aus deinem Kopf verschwinden. Jeder wird hinter deinem Glück stehen und bald wirst du anfangen, es zu genießen.

Die Sitzung, die Ihr Senior absolvieren wird, wird die Brüderlichkeit unter den Mitschülern hervorbringen.

Du wirst das Leben leben, das du schon immer sein wolltest.

Dein Körper und dein Geist werden versuchen, etwas Zeit aufzugeben.

Es wird eine allseitige Entwicklung Ihrer Persönlichkeit geben.

Sie lernen Spiele, Schwimmen, Reiten.

Sie werden lernen, wie ein König zu leben, und gleichzeitig werden Sie im Schlamm rollen.

Sie werden nicht einmal wissen, wann die Tage zu Ende sein werden.

Wochen werden als Tage vergehen. Sie müssen sich an die folgenden Worte erinnern:

- 'ustaads' –
- squad Drill
- schwertbohrer
- rohrbohrer
- aufstandsbekämpfung
- brennen

98   Der Rasierer und der wilde Lotus

   • hindernisparcours

Aber Sie werden in vielerlei Hinsicht davon profitieren:

Waffen, MP5, AK, LMG sogar Mörser – die Auszubildenden werden die Möglichkeit haben, zu benutzen, geschult zu werden.

Offiziere werden zu verschiedenen Anhängen gebracht

armee, paramilitärisch, NSG, mit Punjab-Polizei

anzahl der offiziellen Sitzabende.

   • Ein ganzer Marathon – 42 km (zur Teilnahme)

„Das Leben wurde nach militärischem Grundtraining mit viel Unterrichtszeit zusätzlich zum körperlichen Training gestaltet.

Alles war sehr spezifisch, bis hin zur Art und Weise, wie wir Notizen machten, das Format, das wir für unsere Notizbücher verwendeten (die regelmäßig inspiziert wurden, wie wir unsere Betten machten, wir hatten tägliche Inspektionen von allem - Uniformen, Schuhe, Betten. Das körperliche Training war streng, der Unterricht im Klassenzimmer war schnell und gründlich. Wir mussten schnell lernen, abends lernen, wir nutzten Lerngruppen, Lehrer lauschten uns, während wir im Wohnviertel durch das PA-System waren und das Essen viel zu wünschen übrig ließ. Es gab Berater, die da waren, um uns beim Lernen zu helfen, uns in Bewegung zu halten, uns Zugang zur Bibliothek zu geben, um weiter zu recherchieren, zu studieren und so weiter. Sogar die Abstände in unseren Umrissen in unseren Notizbüchern.

Aber seien Sie kein Idealist in Ihrem Training oder Handeln.

   • Wir hatten gehört, ein Idealist, Stellvertreter, klug und

vorzeigbar ... sein Leben verloren.

   • IPS-Prüfer (vielleicht wollte das Innenministerium IPS nicht

probanden während der Ausbildung getötet werden) sind immer gefährdet.

   • Der CRPF-Kommandant wurde im Hinterhalt getötet (dies ist die tragödie). Für uns war die Armee- und paramilitärische Bindung nur eine 2-monatige Exposition. Für Soldaten ist das Leben im Aufstand ein täglicher Kampf mit Müdigkeit, Langeweile und ständiger Gefahr. Für Zivilisten ist es ein allgegenwärtiger Albtraum.

• SVPNPA ist ein erstaunlicher Campus. (Er zeigte mir Bilder).

Dies ist das Haupttor. Es hat ein Zitat an die Wand geschrieben "sensibilisierte Polizei, ermächtigte Gesellschaft", was das Motto des Dienstes ist. Gate ist vollständig CISF-Sicherheitssicher.

Teil 2 – Neuer Indoor-Komplex der Akademie. Es verfügt über Badminton, Squashplätze, Fitnessstudio und Tischtennis sowie einen Aerobic-Bereich.

Teil 4-5 - Dies ist der prestigeträchtige Paradeplatz, auf dem wir am 26. Januar, 15. August und zu anderen besonderen Anlässen Programme haben. Es ist der Ort, an dem wir die ohnmächtige Parade haben und wir schwören, der Nation nach besten Kräften zu dienen.

Teil 6 – Michaelangelo-Platz. Dieser Stein hat eine Zeile darunter geschrieben, die besagt:

"Ein M., der Bildhauer, wurde gefragt, wie er Statuten macht, und er antwortete, dass es in Steinen steht und er nur Polizisten für die Nation schnitzt."

Teil 7 – Schwimmbad nach internationalen Standards gebaut. Es hat auch den Pavillon für die aquatischen Meet-Programme.

Teil 8 – Einer der natürlichen Wege in der Akademie. Das Essen ist gut/Das Frühstück ist so üppig und nahrhaft, dass man den ganzen Tag davon leben kann. Das Mittagessen ist gut, auch das Abendessen.

Sie haben 11 Monate Phase-1-Training.

6 Monate Ausbildung in einem Bezirk Ihres Kaders.

Das Tragen neuer Tücher bei Holi oder Diwali war Brauch.

Sie verfügen über hochmoderne Schulungseinrichtungen für IPS-Beauftragte, Senioren und Junioren.

Die SP hielt für einen Moment inne und fragte dann ziemlich gleichgültig: „Werden Sie die PT, das Gymnasium, die Langlaufrennen bis zu 20 Kilometern, die Leichtathletik, verschiedene Sportarten aushalten? Du musst schwimmen, trainieren, reiten, Erste-Hilfe- und Ambulanzübungen, Feldboote und Taktiken machen?"

Er war skeptisch.

Vor wenigen Tagen traf ich ihn nach meinem erfolgreichen Abschluss der Ausbildung. Er klopfte mir auf den Rücken. Er ist jetzt auf einem höheren Posten.

Meine Batchkameradin Bidisha seufzte mich an: "Der arme Sohn eines großen Vaters, gutaussehend, attraktiv - auf den ersten Blick ein Frauenmörder, wie wirst du das 20-Kilometer-Rennen beenden?"

"Meine Laila, wie willst du die Steine auf deinem Weg entfernen und nur" Sesam öffnen "sagen? Stelle dich zuerst dem Hindernisrennen ", erwiderte ich. Bidisha war ein Mädchen, das nur lächelte. Ihre Antwort war sehr interessant: Bachcho, du könntest einen "gesunden Liebesroman" schreiben oder wie man eine Killer-Sexszene schreibt."

Mir fehlten nicht die Worte. Ich sagte: „Der Geruch deines Parfüms, der weiche orangige Duft deines Conditioners machen mich schwindlig. Soll ich heute das erste Kapitel schreiben, wenn die Korridore still sein werden, nur das leise Murmeln deiner Füße wird vom Wind mitgerissen... Ich würde wach springen...?

„Ha, Ha, Ha! Halt, Mann. Die Ustaads sind überall."

Oft, wenn ich in mich versunken war, kam sie auf Zehenspitzen und flüsterte: "Ich denke, da ist eine Wunde in dir, Junge, vergiss es. Warum verschwendest du deine Zeit damit, sie zu lecken? Vergiss die Kapitel, die du im Wind gelassen hast, um zu flattern. Sie werden abgenutzt, verrotten und in Pulverform zerfallen."

Ich schwieg. Plötzlich wurde ich von Traurigkeit ausgehöhlt. Ich seufzte tief. Meine Kehle verdickte sich. Warum sagt sie das? Ist sie auch eine Leidende? Das Gespräch wurde abgebrochen. Regeln, Disziplin, Regeln. Keine Verletzung des disziplinierten Umzugs. Es hatte Evesdropper gegeben. Sie könnten unerwartet erwischt werden und bestraft werden.

Wir kamen zweimal näher. Das waren die goldenen Momente, die ich genossen hatte. Das waren die Momente gemischter Gefühle. Die erste Gelegenheit ergab sich, als wir uns auf unserer Bharat Darshan Tour trafen.

Es war eine Gala-Outdoor-Reise, bei der wir eine große Anzahl von Polizisten aus verschiedenen Abteilungen trafen. Es war von immenser Freude und enormen Erkenntnissen. Wir tauschten Gedanken aus, diskutierten über lebenswichtige Themen, über kulturelle Vielfalt, über die besondere Küche der Einheimischen. Zum ersten Mal in unserer Ausbildungszeit konnten wir frei durch die Märkte streifen. Niemand würde etwas dagegen haben, dass Sie die Hügel, die Küstenregionen, die Tierwelt und die Naturschutzgebiete erkunden. Lasten und anstehende Gespräche, abgeladene Emotionen und Sorgen traten in den Vordergrund. Wir waren so glücklich. Happy 'cause.

Es war reines Glück, eine Freundin wie Bidisha an meiner Seite zu haben. Es war glücklicher, weil uns beigebracht wurde, wie die Dinge funktionieren. Es gab auch (in der Schulung enthalten) einen hektischen Lauf von einem Büro zum anderen... Lernen über Verkehrsmanagement, Gemeindepolizei, Korrdination mit Forstpersonal. Indien ist ein riesiges Land, in dem von der Teeplantage bis zum Fischfang eine große Masse der Bevölkerung beteiligt ist. Du wirst ein Teil von ihnen sein. Vom Staunen zum Staunen - von purer Schönheit zu den geheimnisvollen vergangenen Herrlichkeiten. Dies "half" uns zum Architekten für die Zukunft zu machen. Das Land so wunderbar zu halten, wie es ist, und seine Souveränität unangetastet zu lassen, war unser vorrangiges Lernen.

Hier, in einer mondhellen Nacht, kam Draupadi zu mir - als ob, persönlich. Der Mond hing tief am Himmel. Es überschwemmte alles auf der Länge darunter. Ich wusste nicht, wann Bidisha sich in meine Seite schlich, um anderen zu entgehen ... Ich war vertieft darin, über meine Vergangenheit mit Draupadi nachzudenken.

„Siehst du, die Welt ist so still, dass sie in Marmorweiß schläft. Man würde es milchig nennen." Sagte ich leise.

„Die Luft war kühl und frisch. Die Bäume in der Nähe raschelten fröhlich. Ich war verzaubert ", schloss sie sich an.

"Hast du jemals den Baum gesehen, auf den du geklettert bist und in diesem angenehmen Mondlicht nach meinen Händen geweint hast?"

"Nein. Hatten wir nicht." Draupadi expostulierte lächelnd.

"Warte, ich werde unter einen Himmel kommen, von dem aus die Sterne wie Diamanten funkeln werden." Draupadi blendete das Baldachin des Himmels.

"Draupadi, ist es Wahrheit oder Illusion? Draupadi, wo bist du? Ich war wütend gewesen, auf der Suche nach dir! Draupadi, bitte komm und tanze wie die Chitrangada, während du alle auf der Bühne hypnotisiert hast. Draupadi, wo bist du?"

"Ich bin in der Luft und steige gerade vom Mond ab: Du wartest dort. Sei nicht unartig. Beiße nicht auf meine Lippen, damit es blutig aussieht. Ich werde dir einen weichen, kühlen Smoothie auf die Lippen pflanzen...!"

"Ha, Ha, Hah!"

Bidisha explodierte zu einem gedämpften breiten Lachen.

Sie kommentierte, als würde sie mich stechen.

"Der dritte Pandava, was ist mit deinem Chitrangada, dem irdischen Draupadi?"

Ich schwieg.

"Hey, aap kya kho gayen" (Hey, bist du verloren?)

"Mein Gesicht wurde weißer als zuvor. Ich hatte immer noch nichts zu sagen."

"Der Romeo, unter der Mauer? Klettere hoch. Sie ist auf dem Balkon."

"Barhuddar, (mein weichherziger junger Bursche) wie hast du deinen Draupadi unter den kugelsicheren Westen gehalten?"

"Bidisha, schau dir an, wie der Mond jedes Blatt des Baumes verdunkelt und aufhellt - da ist Draupadi."

"Junge, vergiss all diese liebesgeplagten Geschwätz. Seien Sie so hart wie eine Mutter, um nicht gerissen zu werden. Die Realität ist hart."

"Bidisha, hast du die Dattelpalme gesehen?"

"Ja, natürlich."

"Das Furnier bedeckt das raue und grobe Äußere, aber das Innere ist mit einem Saft gefüllt, saftig und gesund."

"Ich bin nur auf das Grobe und Grobe gestoßen. Der saftige Saft ist ein Traum ", antwortete Bidisha mit einem schweren Sarkasmus. Ich sah, dass sie eine brennende Wut verspürte. War sie von jemandem verlassen worden? Ich roch etwas, einige Schmerzen oder Wunden, um die sie geweint hatte. Aber sie hat nie die Türen ihres Herzens geöffnet."

Ich sagte leise: "Die Pools, wenn sie ausgetrocknet sind, zeigen im Sommer einen schlammigen Bruch, aber sie heißen den Regen überschwänglich willkommen und lächeln die Reste des Luftzuges von der Erde weg." Ich sagte: „Entferne alle Flecken deiner vergangenen Jahre, reinige den Rost und sei frisch, um ein frischeres Leben zu begrüßen. Aber die gesamte Spanne deines Lebens hatte Zuneigung, Liebe, Fürsorge und Segen, stimmst du nicht zu? Alles war nicht nur Staub, sie hatten dir das Gold geschenkt, um in Zukunft zu blenden. Du hast die Ernte aus deinen in der Vergangenheit gesäten Samen geerntet; du hast Lehren aus deinen Misserfolgen gezogen; du hast gelernt, wie man Sorgen abfärbt und wieder lächelt. Nicht wahr?"

Bidisha saß einen Moment niedergeschlagen da. Dann erhob sie sich aus ihren Gräbern. Sie hatte juckende Schluchzer, aber ich erinnere mich an einige Zeilen aus der Poesie von Jibananada Dash, meinem Lieblingsdichter, nach Tagore ", sagte ich, um sie wieder zum Leben zu erwecken:

"Bitte keine Poesie. Ich bin angewidert." Bidisha schien eine Reihe von Melancholie zu verspüren.

"Angewidert vom Frühling, den zwitschernden Vögeln, der Vegetation im Spross, den göttlich lächelnden Blumen?" Fragte ich prompt.

Bidisha saß ruhig und gelassen da. Ich fing an, das Gedicht in Übersetzung zu rezitieren.

„Ihr Haar war wie eine alte
dunkle Nacht in Bidisha,
Ihr Gesicht, die Handwerkskunst der
Shravasti. Wie der Steuermann, wenn,
Sein Ruder brach, weit draußen auf der
See-Abtrieb

> Sieht das grasgrüne Land eines
> Zimtinsel, einfach so
> durch die Dunkelheit sah ich sie.
> Sagte sie: "Wo bist du so lange gewesen?"
> Und hob ihre Vogelnest-ähnlichen Augen...

Bidisha sprang auf, als wollte sie den Himmel erreichen und fragte mich,

"Wo warst du so lange?" Dann schmolz sie in der Dunkelheit dahin.

Ich saß benommen unter einem unendlichen Himmel. Ich fragte die Sterne: „Was meint sie?" Die Sterne funkelten nur. An unserem Tag der Parade schenkte mir Bidisha ein ewiges Lächeln, steckte ihre Hände in ihre Tasche und verteilte ein Stück Papier. Ich habe es später gelesen.

Seltsam! Es war ein Gedicht von Elizabeth Barett Browning! Und??

„Wie liebe ich dich? Lassen Sie mich die Wege zählen.

Ich liebe dich bis in die Tiefe und Breite und Höhe

Meine Seele kann erreichen, wenn sie sich außer Sichtweite fühlt

Für die Enden des Seins und ideale Gnade.

Ich liebe dich auf der Ebene eines jeden Tages

Das leiseste Bedürfnis, bei Sonne und Kerzenlicht

Ich liebe dich frei, wie Männer nach Recht streben;

Ich liebe dich, nur weil sie sich vom Lob abwenden.

Ich liebe dich mit der Leidenschaft, die du einsetzt

In meinen alten Sorgen und im Glauben meiner Kindheit.

Ich liebe dich mit einer Liebe, die ich zu verlieren schien

Mit meinen verlorenen Heiligen. Ich liebe dich mit dem Atem,

Lächeln, Tränen, meines ganzen Lebens; und wenn Gott will

Ich werde dich nach dem Tod nur noch mehr lieben."

Mir wurde klar: Das Leben ist keine Geschichte, die von einem Idioten erzählt wird; es ist voll von der Milch der menschlichen Güte.

Bidisha war eine gute Freundin von mir, ich sage "großartig", weil sie während meiner Ausbildungszeit eine Freundin, Philosophin und Führerin zu sein schien. Als ich in den Reitpraktiken verwundet wurde, pflegte sie mich - nicht einfach wie eine Co-Batcherin, sondern wie eine voll besorgte Homo-Sapien.

Es ist ein seltsamer Zufall, dass unsere beiden Verbindungen zu einer paramilitärischen Streitmacht in einer von Aufständen befallenen hügeligen Region in derselben Gruppe von CRPF-Personal unter einem CRPF-Kommando waren.

Wir schlossen uns dem Kommando an und hatten ein volles Lachen. Sie stellte mir die gleiche Frage: "Wo warst du so lange?" Ich sagte zu ihr: „Es ist ein Schicksal, dich kennenzulernen. Aber das ist eine undankbare Aufgabe, die dein Leben beanspruchen kann."

Ich kann mir nicht verzeihen, dass ich die Wahrheit gesagt habe.

Der Lagerkommandant informierte uns.

„Seien Sie vorsichtig. Man kann nicht einfach in ein Auto steigen und herumfahren. Nur um das Lager zu verlassen, müssen Sie in einem Konvoi von mindestens 3 Fahrzeugen fahren. Die Vorderseite wäre typischerweise ein offener Zigeuner mit einem leichten Maschinengewehr, gefolgt von dem Auto, in dem die Offiziere fahren, und hinten ein minensicheres Fahrzeug mit einem Maschinengewehr. Alles in allem wären mindestens 15-20 Soldaten auch für die kleinsten Bewegungen da."

"Wenn es eine geplante Bewegung des Konvois gibt, wird ein Team von Soldaten früh am Morgen im Voraus geschickt, um zu überprüfen, ob die Straße frei von improvisierten Sprengkörpern ist. So würden etwa 10 Männer die ganze Strecke zu Fuß gehen und sich auf beiden Seiten über die Straße ausbreiten, um nach Drähten, frischem Graben oder irgendetwas Verdächtigem zu suchen. Ihr Leben ist offensichtlich in Gefahr. Außerdem können sie 20-30 Kilometer in einem hügeligen Gelände laufen. Wie kann man so viel Abstand überwinden, während man sorgfältig nach Drähten oder kleinen Dingen wie diesen Ausschau hält? Letztendlich lag alles in den Händen des Allmächtigen (oder des Glücks)."

(Aus der Erfahrung eines Offiziers entnommen. Name zurückgehalten)

Zurück zu uns selbst beäugten wir uns. Ihr Geplänkel endete nicht. Sie sprach mich an: "Hey, Arjuna." Sie murmelte: „Das ist einfach, dein Schwert in die Luft zu schwingen. Aber das musst du tun."

Ich schloss mich ihrem Flüstern an: „Wer ist der Feind? Wo ist der Feind? Sie sind unsere eigenen Leute, obwohl sie fehlgeleitete oder verärgerte Bürger sind. Sehen Sie, wir klagen gegen die Windmühle, wie Don Quijote.

„Herr sozialwissenschaftlicher Denker, seien Sie bereit, den Befehlen zu folgen. Du darfst keine Fragen stellen. Du bist jeden Zentimeter loyal zur Nation. Dafür wurdest du ausgebildet."

"Okay. Aber Tatsache ist - der Feind kann überall und nirgendwo sein. Sehr riskant." "Wie kann man einen geisterhaften Feind ins Visier nehmen?"

„Risikobereitschaft ist dein Mantra. Du wirst dadurch belebt werden."

"Gibt es keine Alternative zu diesem Zählen der Köpfe?"

"Sh h h! Du wirst in Aufruhr verwickelt sein. Du bist ein erfahrener Offizier. Du musst deine Fähigkeiten trainieren. Krieg voraus, mach weiter. Runter, so viel du kannst."

Den Tag, den ich nicht vergessen kann. Es war so schicksalhaft, wie es nur sein konnte.

Wir gehörten zu einer Nachtrazzia-Gruppe in einem entfernten hügeligen Dorf, von der vermutet wurde, dass sie einem gefürchteten Militanten Unterschlupf bot, dessen Kopf fünf Lakh Rupien trug.

Wir begannen um 3 Uhr morgens in der Nacht. Es war stockdunkel. Wir mussten unebene, steinige Wege überwinden, irgendwo keine Wege (nachvollziehbar), irgendwo einen steilen Aufstieg bis zu einer Höhe von dreitausend Metern, übersät mit dornigem Gras und einem Labyrinth aus Büschen. In Wirklichkeit haben wir eine Abkürzung genommen, ohne eine Unze von klingenden streunenden Hunden, Schakalen oder anderen nachtaktiven Kreaturen. Aber wir wussten nicht, wo wir unsere Füße hinstellten. Vorsichtig vermieden wir Gräben. Wir hatten völlige Angst, obwohl unser Geist hoch war. Wir haben Schatten für Männer genommen. Jeder Schatten war ein Feind.

Wir sprachen schweigend mit Gott, aber Gott war da, um uns eine Nullah oder einen kleinen Fluss zu präsentieren. Wir waren gezwungen, bei minus sechs Grad Celsius durch brusttiefes Wasser zu waten. Geschüttelt, fast erfroren überquerten wir den Fluss und erreichten die von uns begehrte andere Seite, nahe dem Ortsrand. Man konnte sich kaum vorstellen, wie wir mit unserer schweren kugelsicheren Kopfbedeckung oder „Patka", einer zylindrischen Kappe, wateten - schwer zu tragen für lange. Es war ein wesentliches Ärgernis.

Wir wissen nicht, welches Datum oder welche zwei Wochen es war; waren überrascht, als der Mond plötzlich hervorbrach und uns eine Sicht bis zu einem Kilometer ermöglichte. Wir kletterten hoch, stießen einen Moment lang einen tiefen Seufzer aus und legten unsere Kopfbedeckung ab, da wir uns eine Sekunde lang über die schwere Last ärgerten. Wir wollten unsere Hälse und schweren Köpfe entspannen. Verletzt von der Mütze, hielten wir unsere Gewehre an einer Hand und an der anderen die gerade abgelegte 'Patka' und krochen hoch. Bidisha war eine hochqualifizierte Offizierin, die Erfahrung darin hatte, viele Hürden zu überwinden. Wir sahen Bidishas nackten Kopf, tief geschwärzt von einem Haarflecht, so stolz auf ihren Besitz, klettern. Sie geriet unter einen Schein von schneeweißem Mondlicht und plötzlich, ohne jede Chance, sich zu rächen, war Bidisha von einer Kugel auf ihren nackten Kopf getroffen. Wir nahmen unsere Position hinter riesigen Steinen ein und holten den Angreifer runter. Dies machte unsere Mit-CRPF-Soldaten wütend. Sie rannten der möglichen feindlichen Höhle hinterher, zerstörten 3/4 Häuser in der Nähe und töteten unbewaffnete Zivilisten... und vom Rest wird nicht gesprochen. Der Rest war ein Chaos.

Bidisha kämpfte im Armeekrankenhaus um ihr Leben. Beste Behandlung wurde bestellt. Das Innenministerium warnte die Bewährungshelfer in seiner Anweisung per Draht davor, Opfer zu erleiden. Aber der Farbstoff wurde gegossen.

Bidisha überlebte 4 Tage. 4 Tage unserer ängstlichen Einheit gingen mit aufgestauter Wut einher und versprachen (schweigend) Rache. Wir waren zutiefst besorgt über Bidisha, die gut gelaunte, kluge, geschickte, immer im Lächeln befindliche Batchmate, die allmählich in eine andere Welt versank.

Am vierten Tag rief sie mich an. Sie wollte, dass keiner in seiner Hütte war.

Bidisha sah mich an. Die Wärme ihrer Haut schien in mein Herz einzudringen.

„Lieber Träumer, lieber Arjuna, wo warst du,

so lange? Dann legte sie ihre Lippen auf eine stille Erwägungsgrund:

"Eine Sache der Schönheit ist eine Freude für immer.

Seine Lieblichkeit nimmt zu, es wird nie

Gehe in das Nichts über; aber trotzdem behalten wir

Eine ruhige Laube für uns und ein Schlaf

Voller süßer Träume und Gesundheit und

leise Atmung......

Viele und viele Verse, die ich zu schreiben hoffe,

Vor den Gänseblümchen, umrandet und weiß,

Verstecken Sie sich in tiefem Gras und lassen Sie die Bienen

Summen Sie über Cover-Globen und Süßerbsen

Ich muss in der Mitte meiner Geschichte stehen.

O darf keine Wintersaison, kahl und grau,

Sehen Sie es halb fertig: aber lassen Sie den Herbst fett werden

mit einem universellen Hauch von nüchternem Gold,

Sei ganz bei mir, wenn ich Schluss mache...

Diese Bidisha war nicht in der Mitte, sie war am Ende ihrer Geschichte. Ich weinte lange, erinnerte mich an ihre Live-Witze und ihr "Wortspiel" in ordentlich strukturierten Sätzen. Ich habe ihr Stück

Papier mit den beiden Zeilen von e.E. Cumings—Love dicker als vergessen/dünner als erinnert...

Ich bin jetzt in einer hügeligen Region und reise von einem Ort zum anderen. Immer auf der Hut, immer wachsam, mein "liebes" Herz wird von einer schweren Metallweste geschützt; ich bin umgeben von unheimlich aussehenden Soldaten - immer von Paranoia verzehrt. Ich habe etwa fünf/sechs Polizeistationen unter meiner Gerichtsbarkeit. Ich bin der hübsch gekleidete, sauber rasierte junge ASG-Zusatz-Superintendent der Polizei, der eine Last von Schmerzen unter meiner Oberbekleidung trägt. Es folgen Tage. Nights go calling dawns. Der Frühling kommt und entlastet die Bäume von Schnee. Vögel zwitschern. Blumen blühen. (Gleichzeitig verdorrt so manch eine Blume) Ich bin ein Routine-Roboter.

Eines Morgens bewegte ich mich schwer bewacht von einem Konvoi. Zu meiner Überraschung oder Halluzination, die ich nicht kenne, sah ich Draupadi nur für den Bruchteil einer Sekunde. Mein Herz schlug unter der Weste. Aus Sicherheitsgründen konnte ich hier nicht aufhören. Blicke auf einige kleine Mädchen mit ihren ordentlich geflochtenen Haaren blitzten über meine Augen und schlüpften dann hinter die Hainen.

Alles, was ich fühlte, war eine tiefe Verzweiflung.

Draupadi ist vorbei. Bidisha starb und fragte mich: "Wo bist du so lange gewesen?"

Und heute - der Geist von Bidisha oder Draupadi? Nein, Bidisha war eine gute Freundin von mir. Ich mochte sie, hatte eine Faszination für sie. Aber Liebe? Wäre sie in Amor gewesen, hätte ich keine Informationen darüber gehabt. Ich hielt sie für ein kluges, kampferprobtes Mädchen, obwohl sie ausdrucksstark, extravagant und mutig war.

Und Draupadi?

Wie kann ich dieses angehende junge Mädchen vergessen? Als ich sie sah, las ich Jayadevas verbotene "Ratisanjibani" in einer aggressiven Nacht,

„Beim Scheiteln der Haare
Über den Augen und den Lippen,

In die weiche Neigung des Bauches,

in die Brustwarzen, den Nabel

Auf der süßen Seite der Hüfte,

Wo die Liebe wohnt, über der Haut ihrer Waden..."

Ist es nur der Hunger nach dem Fleisch? Fleisch ist hier erhältlich, an meinen Fingerspitzen. Aber Draupadi ist es nicht.

Ich konnte nachts nicht schlafen. Jeden Moment hörte ich ihre Schritte; Ich sah ihr Gesicht - hell in der Dunkelheit, ihre betörenden, austernweißen Zähne, die ein funkelndes Lächeln texturierten... Aber wie kommt es, dass Draupadi hier ist?

Am nächsten Morgen fuhr ich mit einem Konvoi zum Parkgelände. Ich entschied mich für den Kauf einiger Waren für den täglichen Bedarf. Die Kiefer murrten, protestierten aber nicht. Der Kommandant, an den ich gebunden war, erlaubte mir mit einem Nicken. Aber nur für eine halbe Stunde.

Ich betrat eine Schule, ich vermutete, sie wurde von den Missionaren geleitet. Was für ein schönes Ambiente! Der Morgen erinnerte mich an meine Kindheitstage. Schöne Mädchen, die Spaß haben, sich austoben, sich halb ausgesprochen streiten - wer zuerst das Spielzeug besitzen wird - und Hunderte von Lippen, die mit der Musik von vereinten arithmetischen Jingles, Fragmenten von Reimen, die Worte aussprechen und scheitern... gescholten werden, weil sie vergessen haben, Wasserflaschen mitzubringen...

Und dort war ich fassungslos, Draupadi zu sehen, eine voll entwickelte Frau von Schönheit und Selbstvertrauen! Die tanzende Chitrangada - schlank, schick und ihre attraktiven "Mudras".

Draupadi war sprachlos. Ihr Blick ist entsetzt, sie rannte sofort hinein. Dort, in ihrem kleinen Zimmer, stand sie keuchend.

Ich fragte wie ein dummer Junge: "Draupadi"?

Eine ältere Dame, wahrscheinlich hybriden Ursprungs - englischer Vater und gebürtige Mutter - kam mit einem neugierigen Blick heraus.

"Ja? Alles, was Sie wollen, Sir? Irgendwelche Verhöre? Dies ist ein Aufenthaltsort Gottes. Dies sind Gottes eigene Kinder. Wir beschützen keine entlaufenen Terroristen." (Sie warf einen verängstigten Blick auf die anwesenden Jawane - eine gemischte Gruppe von Polizisten und CRPFs).

Bitte kommen Sie in unser Büro, Sir. "Gern geschehen."

Ich winkte den Kieferleuten zu, um die Chocos an die winzigen Häppchen zu verteilen. Aus Angst vor einer bevorstehenden Suchaktion läutete die Schulglocke zum Ende des Arbeitstages. Der betagte Direktor, sichtlich besorgt, fragte höflich: "Sind Sie hierher gekommen, um hart durchzugreifen, Sir?" Ihre Stimme wurde gebrochen; sie warf mir einen schnellen nervösen Blick zu. Sie spürte wirklich ein Flattern der Panik.

Ich bat sie, cool zu sein.

"Ich bin hier auf der Suche nach einem Mädchen, einem vermissten Mitglied meiner Familie. Ihr Name ist Draupadi."

"Es gibt hier keinen Draupadi. Vielleicht hast du einen falschen Tipp bekommen «, zuckte sie mit den Schultern.

"Ichbin mir hundertprozentig sicher, meine verehrte Mutter. Vor ein paar Minuten habe ich sie gesehen."

"Oh Gott! Gesegnet sei dieses Mädchen. Sie ist Maria. Sie ist hier Dozentin. Pflichtbewusst, ehrlich und wunderschön zuvorkommend. Sie ist Maria, sei dir sicher."

Ich lächelte. Mein Lächeln machte die Dame ein wenig aufgeregt.

"Wirst du sie ins Büro rufen? Wo wohnt sie?"

"Sie lebt hier. Sie kümmert sich um mich. Eine Absolventin mit bemerkenswerter Beweglichkeit und Hingabe an ihre Arbeit. Aber sie ist immer traurig, außer während sie bei den Kindern ist. Maria—a-a— (sie nennt sie)

Ihre schwache Stimme klang nur schwach. Maria erscheint nicht.

"Oh, vielleicht ist sie auf der Toilette. Ich bitte um Verzeihung."

"Kann ich an einem anderen Tag kommen? Nicht mit diesem Konvoi?"

"Was soll ich sagen? Es ist dein Befehl, ich muss gehorchen."

Meine Gedanken waren vertieft. So viele Fragen drängten sich gegeneinander. Wie konnte Draupadi hier hinkommen?

Am nächsten Morgen ging ich einfach auf ein Abenteuer. Ich überzeugte meinen kommandierenden Offizier, dass ich etwas Fischiges in der Funktionsweise der Schule gerochen hatte. Ich wagte mich ohne Uniform raus, damit keine Panik entstehen konnte. Meine Streitkräfte waren auch auf nahegelegenen Gassen, Bye-Lanes und Mahallas. Ich betrat das Schulgelände und hielt die Hände eines kleinen Mädchens, das ich bei mir hatte. Der Vorwand war: Ich war in die Schule gekommen, um sie aufnehmen zu lassen.

Die Direktorin begrüßte mich mit einem Gesicht, das von einigen scharfen Messern gerillt war, ihre kleinen leuchtenden Augen sanken, ihre Bewegungen verlangsamten sich.

Ich schoss einen höflichen Blick, bat um Erlaubnis, Platz nehmen zu dürfen, ließ mein kleines Mädchen neben mir sitzen und begann dann mit meinem Verhör (obwohl es überhaupt kein Verhör war).

"Es kann sein, dass ich entschuldigt werde. Ich bin verpflichtet, das Mädchen zu verhören, mit welchem Namen hast du sie genannt? Maria? Okay, bitte ruf sie an. Ich mag es nicht, unnötige Gewalt anzuwenden ", schaute ich auf das Gesicht der Dame mit der Erwartung, dass sie Angst haben würde, Maria vor mir erscheinen zu lassen.

Aber sie summte nicht. Stattdessen saß sie murmelnd da. Gott schütze sie. Sie ist keine Kriminelle, nicht einmal eine Extremistin, sie ist ein reines Mädchen. Keine Sünde hat sie berührt. Amen!

"Okay, bitte sie, vor mich zu kommen. Sie muss sich der Inquisition stellen."

"Ich glaube, sie ist unschuldig - sie kann kein Verbrechen begehen..."

"Aber Sehen ist nicht Glauben. Wir müssen uns eingraben. Wie und woher sie gekommen ist. Die Tage sind verschwörerisch."

"Niemand weiß, welche Agentur hier arbeitet. Wer ist hinter wem her?"

"Kannst du die Institution meiner kleinen Engel nicht verschonen?"

„Wir schaden keiner Bildungseinrichtung. Seien Sie versichert."

Der Schulleiter bat einen Mann, Maria in das Büro des Schulleiters zu rufen.

Maria eilte von ihrer Klasse zurück.

Sie sah jetzt cool aus. Aber die Bedeutung ihres Blicks konnte nur von mir gelesen werden.

"Bitte setzen Sie sich."

"Meine Klasse ist lehrerlos."

"Lass es andere ausfüllen."

"Wofür bin ich hier?"

"Lass mich zuerst fragen: Was bist du und wie und warum bist du hier?"

Maria (Draupadi) schaute mit ihren leeren Augen - täuschungslos, müde. "Ok, was für ein Kontrast zu ihren exquisiten Augen!"

"Erinnerst du dich an mich, Draupadi? Erinnerst du dich an die stockdunkle Nacht und wir, im Schatten der Erscheinungen - ich klettere einen riesigen Baum hinauf, du -, die du mich dazu gebracht hast, herunterzukommen und dein Herz herauszuweinen, Draupadi?"

"Ich bin Maria. Nicht Draupadi. Ich habe keine Erinnerungen."

"Drücke Draupadi nicht aus. Du betrügst dich selbst."

Die alte Dame intervenierte: „Sie ist Maria, eine christliche Gal. Sie kann nicht Draupadi sein, Sir."

"Verehrte Ma'm, vielleicht weißt du, es gibt mehr Dinge im Himmel und auf Erden, Horatio, als in unserer Philosophie geträumt werden." Wir wissen nicht, dass wir es nicht wissen. Würdest du sie in diesem Interview in Ruhe lassen?"

(Die Dame zieht sich widerwillig zurück)

Ich warf einen vollen Blick auf Draupadi. Ihre fürsorglichen Augen beruhigen meine aufgeregten Nerven. Ich gebe zu, ich fühlte mich kurz davor beunruhigt.

Ich sprach leise ihren Namen aus -„Draupadi".

Sie sah gedemütigt aus. Sie hielt ihre Augen so fest, dass ihre Tränen in den Deckeln blieben.

"Warum erkennst du mich nicht? Was hindert dich daran, zu erklären, dass ich dein Ehemann bin- ich bin dein Nirban?"

"Draupadi ist tot. Ich bin Maria, ein christliches Mädchen, kein Hindu."

"Okay. Aber erzähl mir, was ist die Geschichte, dass du Christ bist?"

"Wird sich dadurch etwas ändern? Ich habe mein Leben Christus gewidmet. Verzeihen Sie mir das. Vergiss Draupadi."

"Ich habe meine Antwort noch nicht erhalten. Was ist die Geschichte dahinter? Zuallererst gestehe, dass du meine Frau bist, Draupadi."

"Sie war es einmal gewesen. Ich habe diese Tage vergessen."

"Nur in der Spanne von sechs Jahren? Ist Erinnerung so brüchig?"

"Fragen Sie sich, wo Sie gewesen waren, als ich von Ihrem" Brahmanen "-Vater an diesen berüchtigten ausschweifenden Tribhuban verkauft wurde? Er ist ein frommer Brarhman, nichtwahr?" Sie drehte sich hart um.

"Hier liege ich postrated vor dir. Hören Sie einfach zu. Ich war in meinem Institut und bereitete mich auf meine Abschlussprüfung im Managementstudium vor. Ich versuchte verzweifelt, dich anzurufen, einen Anruf von dir zu bekommen, aber es gab niemanden, der mich anrief oder meinen Anruf erhielt. Ich eilte nach Hause, wurde aber in eine ahnungslose Welt geworfen. Niemand verriet das Geheimnis. Niemand öffnete den Mund. Ich weiß mit Sicherheit, dass es niemand anderes als mein Vater war, der die Blaupause für diesen Plan entworfen hat. Ich ging hin und her, besuchte dein Haus, besuchte die Polizeistation, traf alle meine Freunde und Verwandten. Oh Gott! Es gab keine Ahnung, keine Spur von Draupadi. Ihre Eltern wurden vermisst. Der Salon ihres Vaters wurde geplündert. Die Leute sagten, der Salon sei von deinem Vater mit Waffengewalt geführt worden!"

Ich wurde übermäßig emotional.

"Also hast du an all diese grundlosen Anschuldigungen geglaubt? Hast du nicht einen Moment innegehalten, dass alles zusammengebraut war, dass die Menschen um deinen mächtigen Vater alle durch Geld gekauft wurden, dass die Bindung zwischen dir und mir nicht hätte zerbrochen werden können, es sei denn und bis die starke Wirbelsäule meines Vaters zerbrochen war? Sie haben es kaputt gemacht. Mein Vater starb im Gefängnis. Einem unschuldigen Mann wurde die Todesstrafe auferlegt. Übrigens siehst du in deiner Uniform noch attraktiver aus, ohne deine Uniform."

Ich entdeckte, dass sie eine widerwillige Bewunderung für mich hatte. Lob für mich ließ mein Herz flattern. Ich war über mich hinaus.

"Von einem Ingenieur, einem Management-Typ bis zu einem IPS-Offizier? Die Reise ist interessant. Herzlichen Glückwunsch zu Ihrem Ehrgeiz.:"

"Draupadi?"

"Maria. Ich hasse jeden Namen von den Brahmanen."

"Was ist in einem Namen? Du kennst mich? Sicherlich war ich nicht dieser kastenhungrige Brahmane? War ich das?"

Stille. Das Ticken der Zeit lastet schwer auf mir. Plötzlich stand Draupadi auf. Ein hilfloser Zorn brodelte in ihr. Sie warf mir einen fragenden Blick zu.

"Warum bist du hierher gekommen?"

"Ich bin gekommen, um meine Frau zurückzuholen."

"Das ist nicht möglich. Ihr Name ist in der Polizeistation als Krimineller registriert. Es gibt einen Fall gegen meinen Namen - der noch anhängig ist."

"Fall? Fragte ich eifrig."

"Mordversuch."

Ich geriet neugierig in Panik.

"Was?" Ich kann mir dich nicht als Mörder vorstellen. Erzählen Sie mir, was passiert ist. Wirst du das?"

"Ich wurde an Tribhuban verkauft, der, von dem ich keine Kenntnis hatte, ein Frauenhändler war. Ich und meine Mutter wurden mit verbundenen Augen in einen Lastwagen geworfen, um irgendwo in der Nähe eines Waldgebiets auf ein Bauernhaus exportiert zu werden. Tribhuban schob uns beide nach seinen Gesprächen mit den

Kontakten in einen Raum. Dies war der verfluchte Tag in meinem Leben. Hundemüde, mit an Ketten gebundenen Händen und Beinen warteten wir auf die Morgendämmerung. Es war Mitternacht. Die Hayeena kam betrunken und stürzte sich auf mich. Meine Mutter streckte ihre Beine aus, rollte sich über den Boden, um Widerstand zu leisten, aber sie wurde schwer verprügelt. Ich wusste nicht, was ich tun sollte. Plötzlich, spontan, flüsterte jemand in mir: "Tu etwas."

Sie schnappte jetzt nach Luft. Ich reichte ihr eine Flasche Wasser an die Seite. Sie trank mit einem gurgelnden Geräusch.

"Dann?"

"Das Tier war nackt. Er kam, um in mich einzudringen, und genau in diesem Moment zog ich mein kleines Messer aus meiner Taille und schnitt sein männliches Organ in Stücke. Vor Sonnenaufgang sind wir geflohen, auch wenn wir nicht wussten, wohin wir gehen sollten."

"Wir rannten und rannten, und als wir in einen Fischerwagen stiegen, gingen wir zum Bahnhof. Ohne an die Vor- und Nachteile zu denken, stiegen wir ohne Ticket in einen Zug; entkamen den Augen der TT und erreichten nach 2 Tagen die letzte Station. Wir sind runtergekommen, nur der Geist von uns!"

"Oh mein Gott!"

Die Dame aus dem Schulgebäude griff ein.

"Der Rest liegt bei mir. Lieber Junge, ich habe alles aus meinem Zimmer gehört. Es ist ein Zufall, dass ich mit meinem jetzt verstorbenen Mann die unglückselige Mutter und diese Gal-Fair-Mentalität sah, mit atemberaubenden Augen und einer Persönlichkeit, die leicht Aufmerksamkeit erregt, sie war drapiert wie ein Habenichtse, ein verzweifeltes Proletariat, umgeben von den stürzenden Schleppern, der Polizei und den Ticketschecks. Mein Herr Jesus sagte zu meinen Ohren: „In allem habe ich euch gezeigt, dass wir, indem wir hart auf diese Weise arbeiten, den Schwachen helfen und uns an die Worte des Herrn Jesus erinnern müssen, wie er selbst sagte :„Es ist seliger zu geben als zu empfangen." Ich erinnere mich, was ich betete: „Seid freundlich zueinander, zärtlich, vergebt einander, wie Gott in Christus euch vergeben hat."

Mein Kopf war voller Respekt. Sie fuhr fort: „Wir haben diese beiden in unser armes Ferienhaus gebracht. Hat der Mutter eine Anstellung gegeben. Ich habe das Mädchen richtig erzogen. Sie sagte, sie habe keine Verwandten, keine Verwandten, niemanden, um den sie sich kümmern müsse. Sie war gelangweilt vom Leben; wollte als Nonne auf das Wort verzichten. Aber ich wehrte mich.

Draupadi stand jetzt vor mir und streckte ihre Hände aus." Verhaften Sie mich jetzt, ich bin ein Verbrecher, ein Sünder. Die Dame sagte ruhig: "Vor allem liebt einander ernsthaft, denn die Liebe bedeckt eine Vielzahl von Sünden."

Ich habe eine Akte mit meiner Heiratsurkunde und einer Reihe von Schnappschüssen herausgebracht. Ordnungsgemäß aufbewahrte Dokumente.

Die Dame untersuchte gründlich und schwieg. Draupadi begann zu Gott zu beten: „Segne mich, Vater, denn ich habe gesündigt. Es ist... seit meinem letzten Geständnis."

Ich brach das Schweigen.

"Du bist mehr gesündigt als gesündigt."

Ich bemerkte nicht, dass meine arme Schwiegermutter gekommen war, um das Geständnis zu bezeugen. Ich sagte: "Überlassen Sie mir die rechtlichen Angelegenheiten." Draupadi sagte noch einmal: „Komm, verhafte mich. Lass Gerechtigkeit im Licht sein. Wohin willst du mich segeln, in welches Gefängnis?" Sie weinte laut und schluchzte.

Mein Herz begann wild zu schlagen. Ich rezitierte leise:

Die Gerechten schreien, und der Herr hört sie; er rettet sie aus allen
    ihren Nöten. Der Herr ist den gebrochenen Herzen nahe und
    rettet diejenigen, die im Geist zerquetscht sind." (Psalm 34: 17-
    18)

"Bringst du sie nach Hause, mein Junge?", fragte die alte Dame ruhig.

"Wenn du mir erlaubst."

Sie schwieg einen Moment. Dann sagte sie leise: "Gesegnet sei das Mädchen." Einen Moment der Stille.

Sie schrie auf. "Wer wird sich um diese alten und schwachen Kreaturen kümmern? Herr, sei mit uns."

Ich nahm ihre gebrechlichen Arme, küsste ihre Handfläche und sagte: „Sie wird zu deiner Schule zurückkehren. Seien Sie versichert."

Ich hob meine Augen zu Draupadi. Sie rief mit einem sanften Murmerand und sprach: "Segne meine Heilige Mutter, um immer mit deinem Segen zu leben."

Post-Skript

Nach sieben Jahren zu Hause sah ich mit Draupadi meine weinende Mutter ihre schwachen Hände zu mir ausstrecken. Mein reuiger Vater näherte sich mir mit einem erwartungsvollen Blick. Ich sah einen großen Schmerz, der sein Herz packte. Er weinte bittere Tränen. Er sagte zum ersten Mal: "Willkommen zu Hause, Bouma." Dann gestand er: Vergib mir, mein Herr. Ich bin der Sünder."

Die Türen des Hauses standen weit offen. Fenster, lange geschlossen, waren offen, um frische Luft hereinzulassen. Vögel kamen mit ihren Melodien. Eine lange Reihe von "Eyos" (verheiratete Damen) schuf eine Symphonie von "Ulu". Conchen bliesen die göttliche Freude. Wir brachten Kerzenlicht, das Kreuz und die Flöte von Lord Krishna zusammen. Ich konnte den Baul laut singen hören:

„Sabloke koy Lalan ki jaat sangsare,

Lalan bale jatir ki rup, dekhlam na ei najare."

(Die Leute fragen laut: „Zu welcher Kaste gehört Lalan? Lalan sagt mit einem neugierigen Lächeln: Bei all meinem Suchen konnte ich nicht herausfinden, was das Bild der Kaste ist!)

Über den Autor

Biren Sasmal

Biren Sasmal, eine bekannte Kurzgeschichtenautorin mit 250 seltsamen Kurzgeschichten auf Bengalisch und mehreren Fiktionen, stammt aus Kolkata, Westbengalen, Indien. Er schreibt sowohl auf Englisch als auch auf Bengalisch. Kürzlich wurde eine "Galpasangraha", eine Anthologie von 43 Kurzgeschichten, von einem renommierten Verlag veröffentlicht. Auch als Romanautor hat er sich einen Namen gemacht. Seine Fiktion "JALKAR" (eine Steuer, die an die von der Menschheit belästigte Natur zu zahlen ist) wurde vom Ukiyoto Publishing House, Kanada, Philippinen, Indien, mit dem Author of the Year Award ausgezeichnet. Seine jüngste Kurzgeschichten-Anthologie „GALPASANGRAHA" wurde auch vom renommierten internationalen Verlag „UKIYOTO PUBLISHING" als AUTOR des JAHRES 2024 ausgezeichnet. Diese Anthologie hat auch mehrere andere Preise gewonnen. Er hat als Journalist eine Reihe von Artikeln zu führenden Tageszeitungen beigetragen, sowohl auf Englisch als auch auf Bengalisch. Derzeit arbeitet er an der forschungsbasierten Fiktion "KOULINYA" und einer Fiktion in englischer Sprache über das Kaschmir-Rätsel : "As Quiet Wails the Jhelum".

Er stammt aus Khardah, einer Stadt neben KOLKATA, WESTBENGALEN, INDIEN.

www.ingramcontent.com/pod-product-compliance
Lightning Source LLC
LaVergne TN
LVHW041852070526
838199LV00045BB/1564